# LA MÈRE D'ANNA

HEIKO GEBHARDT

# LA MÈRE D'ANNA

*L'histoire vraie de Marianne Bachmeier*

FRANCE LOISIRS
123, boulevard de Grenelle, Paris

Titre original :

ANNAS MUTTER

Traduit de l'allemand par Jacques Roque

Edition du Club France Loisirs, Paris,
avec l'autorisation des Presses de la Cité.



ISBN 2-7242-1867-1.

## CHAPITRE PREMIER

Marianne Bachmeier, la mère d'Anna, est née le 3 juin 1950 à une heure moins cinq — chez elle, sous la surveillance d'une sage-femme. Celle-ci n'a guère à intervenir. L'enfant ne demande qu'à naître, il ne sera même pas nécessaire de lui infliger la tape traditionnelle pour lui arracher ses premiers cris. Le bébé Marianne pèse quatre kilos et demi, il a déjà d'épais cheveux noirs. Le fait qu'il soit né justement un 3 juin est considéré par la famille comme un signe favorable, car sa grand-mère est venue au monde elle aussi un 3 juin, le 3 juin 1895. Sur l'acte de naissance, on ajoute un second prénom : Ruth. Celui de la grand-mère. Pourtant, aucun de ces deux prénoms ne sera utilisé par la famille. Tout le monde nomme l'enfant Jenny. Pourquoi Jenny — aujourd'hui, 32 ans plus tard, nul n'en sait plus rien.

Le soir, toute la famille se réunit pour fêter l'événement. On boit du punch. La grand-mère soupire :

— Ah, s'il n'y avait pas eu cette terrible guerre !

S'il n'y avait pas eu la guerre, Marianne serait venue au monde dans une propriété seigneuriale de Prusse-Orientale, on l'aurait couchée dans un berceau de bois à baldaquin — comme sa grand-mère et sa mère. La chambre eût été tapissée de rose, le décor fait de meubles blancs, et, le soir venu, on aurait monté de la cave une bonne vieille bouteille. De partout auraient surgi des voisins venus féliciter la mère.

Mais la famille a dû fuir vers S., petit village de Basse-Saxe où on l'a logée, avec d'autres réfugiés, dans une demeure délabrée connue à S. sous le nom de Mäuseburg (le château des souris). Les parents de Marianne occupent une pièce compartimentée par des rideaux et des cloisons de carton. La grand-mère, l'ex-châtelaine, a hérité d'une seconde pièce attenante avec ses deux autres filles non mariées. En dépit de l'exiguïté du logement, l'ambiance est joyeuse, ce soir-là. La famille fait courageusement face à ses nouvelles conditions de vie. Tout le monde espère en l'avenir, tout n'est pas perdu. Cet exode n'a rien de définitif ! On emplit les verres de punch, on trinque au nouveau-né et à un retour prochain dans la propriété de Prusse-Orientale. Le bébé somnole dans son panier à linge, déchu mais heureux.

Il ne va pas somnoler longtemps. Marianne est une enfant capricieuse. Les objets qu'elle agrippe dans ses petites mains, on les lui arrache difficilement et au prix de véhémentes protestations. Un jour, le bébé refuse toute nourriture. Il commence à maigrir. On fait venir un médecin. Celui-ci est perplexe : l'enfant recrache tout ce qu'on lui donne. Alors, la grand-mère se souvient que la dernière nourriture que sa petite-fille a consenti à avaler, c'est une bouillie de banane. On essaie les bananes. Marianne, aussitôt, retrouve l'appétit.

Sa mère, qui n'a pas oublié cet incident, est persuadée, aujourd'hui encore, que sa fille serait morte de faim si l'on n'avait pas cédé à son caprice.

Des détails de ce genre permettent de mieux comprendre la personnalité de Marianne Bachmeier. Dans la mesure où l'on peut cerner un être humain à travers les épisodes qui jalonnent son existence...

La petite Jenny parcourt à quatre pattes toute la maison, de pièce en pièce, de famille en famille, attirée par les nombreux fumets qui emplissent les corridors lorsque grésille la nourriture à l'heure des repas. Les senteurs de Mäuseburg, selon ses propres paroles, évoquent encore aujourd'hui pour elle la chaleur du nid de son enfance.

Tout le monde aime cette gamine au tempérament vif. Elle est la bienvenue. Le dimanche, c'est pour les enfants le jour du bain. Dans la cuisine, on chauffe au bois un grand bac en pierre qui sert normalement à faire du sirop de betterave. Les enfants barbotent dedans. Le dimanche est toujours un grand jour pour eux. Ils ne savent rien des soucis des adultes, des temps difficiles qu'ils vivent.

Dans une petite pièce, la grand-mère a ouvert une bibliothèque de prêt. C'est là que Marianne se réfugie le plus volontiers. Elle s'assoit et, silencieuse comme une petite souris, feuillette les livres pendant des heures. Quand la grand-mère n'a rien à faire, elle va chercher l'album des photos de famille qu'elle commente devant sa petite-fille. Elle parle du pays natal. Le domaine s'appelle « Stanillien ». Un nom qui restera gravé dans l'esprit de Marianne. Quand elle le prononce, ses sonorités la réjouissent. Stanillien, à ce mot, son imagination s'éveille, c'est un monde merveilleux, enchanté, ce sont Les Mille et Une Nuits.

Entre les quatre murs de la petite bibliothèque, l'enfant découvre le vaste paysage, les prairies, les bois, les petits lacs. Tout cela appartient à la grand-mère, il y a plus de mille arpents.

— Mamie, qu'est-ce que c'est, des arpents ?

Voici le salon du maître, aux murs, des ramures, les trophées de chasse du grand-père, qui se suicida d'une balle dans la tête.

— Mamie, pourquoi ton mari a tué autant de cerfs ?

Et voici des photos de la mère de Marianne et de ses deux tantes, à cheval, en calèche, en traîneau, emmitouflées dans d'épaisses fourrures. L'enfant veut savoir les noms des chevaux, elle pose beaucoup de questions sur Fips, le petit fox-terrier, avec sa tache noire au-dessus de l'œil. Sur les photos, il est toujours fourré sur les genoux de la mère de Marianne. Plus tard, au moment de fuir, il faudra l'abandonner là-bas. L'incertitude de son sort touche profondément Marianne, elle pleure souvent.

La grand-mère répond patiemment à toutes les questions tout en rêvant à Stanillien. Elle console sa petite-fille :

— Jenny, il n'y en a plus pour très longtemps avant que nous rentrions chez nous, tu auras un autre chien comme Fips, et quand tu seras plus grande, même un poney.

Les jours de fête, la famille se réunit autour d'une table où l'on a disposé les quelques objets de valeur qu'on a pu emporter de Stanillien : un peu d'argenterie, de la porcelaine de Meissen, un vieux samovar. Marianne écoute en silence les récits des grandes personnes. Elle apprend beaucoup de choses, y compris comment son père et sa mère se sont connus.

Le père, Josef Bachmeier, militaire de carrière avec le grade de capitaine, était en garnison dans la petite ville de Wehlau toute proche. Lors de manœuvres, les champs de la propriété de la grand-mère sont saccagées. Josef Bachmeier est chargé de dédommager la propriétaire. Un homme énergique, le père de Marianne ! Aujourd'hui encore, longtemps après sa mort, on raconte comment, au volant de sa Kubelwagen *, il escalada le perron pour s'arrêter devant la porte d'entrée du château.

Il plaît tout de suite aux quatre femmes qui vivent là, sans hommes. Il restera l'hôte que l'on accueille volontiers, même après que les dommages eurent été réglés ; il fait la cour à toutes ces dames. A la plus jeune, la future mère de Marianne, alors adolescente, il offrira le chien Fips dont il a déjà été question.

* Voiture légère Volkswagen, sorte de jeep de l'armée allemande.

Lorsque le capitaine Bachmeier, alias Sepp, ainsi qu'on l'avait surnommé en raison de ses origines bavaroises, part faire la guerre en Russie, tout le monde le regrette. Sur le champ de bataille, il ne perd rien de sa fougue. En 1944, malgré un ordre de repli, il s'élance avec son unité à l'assaut d'une hauteur réputée imprenable. Il est gravement blessé. Des éclats d'obus pénètrent dans sa tête et dans ses poumons. Pour son exploit, Josef Bachmeier recevra la Croix de chevalerie, la Ritterkreuz.

A la fin de la guerre sonne l'heure des retrouvailles. La famille avait pensé qu'une idylle se nouerait entre Sepp et Käthe, l'aînée des quatre sœurs. Mais il se décide pour Hanna, la plus jeune et la plus jolie. La grand-mère émet quelques réserves ; la différence d'âge, vingt et un ans, lui paraît excessive. Mais il est trop tard pour un repli stratégique, le titulaire de la Croix de chevalerie a déjà conquis le terrain depuis longtemps. Marianne est annoncée.

La Ritterkreuz a été soigneusement conservée dans une boîte, à l'intérieur de l'armoire de la cuisine, avec les quelques parures de la mère. La petite Marianne regarde souvent la décoration. Elle est posée sur du velours rouge, dans un petit coffret. L'enfant manipule le morceau de fer avec respect, comme un trésor. Son père est un héros, et elle se représente sa mère comme une princesse. Bientôt, tout le monde se retrouvera à Stanillien. Marianne nommera son chien Fips, et son poney... comment l'appellera-t-elle ? Il faut qu'elle demande à sa grand-mère.

Mais le conte de fées ne dure pas. Le soir de Noël 1954, la petite fille se rend compte que quelque chose cloche. Son père ne rentre pas à la maison. La remise des cadeaux est repoussée d'heure en heure. La mère part à sa recherche, revient seule. La famille fête Noël sans lui.

Les bougies de l'arbre sont depuis longtemps consumées lorsqu'il entre en titubant dans la pièce, murmure que rien n'est plus beau qu'un Noël au front et vomit sur le lit où ont été déposés les cadeaux. Cette nuit-là, Marianne dort chez sa grand-mère.

Josef Bachmeier ne sait plus où il en est. La Seconde Guerre mondiale est terminée, mais il se refuse à croire à la mort de son Führer Adolf Hitler et à la chute du Reich millénaire. Il commence dès le matin, au petit déjeuner, à raconter ses souvenirs de guerre, toujours les mêmes histoires. Personne ne l'écoute plus — sauf Marianne. Elle grimpe sur ses genoux et, pendant des heures, prête l'oreille au récit de ses aventures. Ils sont remplis de tendresse l'un pour l'autre. Il dit à l'enfant :

— Quand Hitler reviendra, je serai général.

Puis il va au bistrot et y noie son mépris pour la nouvelle époque, pour cette république sans héros où il ne s'agit que de gagner de l'argent. Ses vieilles blessures se réveillent, l'enfonçant davantage dans sa haine. Josef Bachmeier devient un ivrogne. Pourtant, les offres d'emploi n'ont pas manqué. Il a été quelque temps représentant d'une firme de boissons, puis d'un fabricant de machines à glace. Il n'a pas résisté longtemps.

— Je n'ai pas une âme d'épicier, je suis soldat, dit-il.

Et il retourne au bistrot.

De tout cela, Marianne n'a plus aujourd'hui un souvenir très précis, elle était trop jeune à l'époque. J'apprends ces détails de sa mère, pendant mon enquête. Elle me dit aussi : « Marianne a hérité son fanatisme de son père. Cet entêtement à vouloir passer à travers les murs à n'importe quel prix. Oui, elle tient ça de Josef Bachmeier. »

Cette hérédité, affirme la mère de Marianne, lui a causé beaucoup de soucis, et elle explique sans doute que les choses soient allées aussi loin. Elle n'aime pas en parler, mais le père de Marianne n'était pas capitaine, il était Hauptsturmführer dans la Waffen-SS.

On sort les photos qui le montrent dans le funeste uniforme aux runes argentées. Au cou, il porte la Ritterkreuz. A la page 55 du livre *Die Ritterkreuzträger* (les titulaires de la Ritterkreuz), il est cité : « Bachmeier, Josef, SS-Hauptsturmführer, chef des 6. SS-Panzergrenadier-Regiments, 23, Norge, 28-8-1944. »

Malgré tout, la mère de Marianne continue à dire aujourd'hui encore que Josef Bachmeier a été son grand amour. Pourtant, le jour où, pour payer ses dettes au café, il vend en secret le piano sur lequel elle donnait des leçons pour subvenir aux besoins de la famille, son instinct de conservation est plus grand que son amour. Elle comprend en cet instant qu'il n'y a plus d'avenir possible avec cet homme. Le lendemain, elle demande le divorce.

Josef Bachmeier ne tente pas de garder sa femme, ce serait porter atteinte à son honneur. Le tribunal décide en 1955 qu'il pourra venir prendre l'enfant tous les quinze jours, du samedi 14 heures au dimanche 18 heures.

Marianne apprend le divorce de la bouche de sa mère.

— Ton père boit tout, et tu n'as pas de lait, explique-t-elle à l'enfant.

Marianne se souvient très bien de cette phrase, bien que n'ayant que cinq ans à l'époque.

Lorsqu'elle se sépare de son mari, Hanna Bachmeier n'a que vingt-cinq ans. Elle n'a jamais appris de métier. Pendant quelques semestres, elle a suivi des cours à l'école supérieure de musique de Hanovre. Puis c'est le mariage, et Marianne. Après le divorce, elle essaie de travailler dans une usine, mais c'est trop dur pour elle. Elle se tourne de nouveau vers la musique et fonde un duo avec un vieux musicien professionnel. Elle joue de l'accordéon, il l'accompagne à la batterie. Ensemble, ils animent des fêtes de famille et des bals d'associations à S. et dans les environs. Hanna Bachmeier préférerait trouver un nouveau mari en mesure de l'assumer, elle et sa fille. Mais les hommes sont rares en cette période, ils sont morts à la guerre ou déjà en main. Et puis, qui voudrait d'une femme divorcée avec un enfant ? Elle ne les laisse pourtant pas indifférents, car elle a du charme. Mais ce n'est pas la mairie qu'ils ont en tête, c'est son lit. De plus, cette fille de bonne famille, ancienne femme d'un médaillé, ne veut pas de n'importe qui.

Lors d'une fête de Carnaval, la mère de Marianne fait la connaissance de Paul Weiss *. Il lui plaît à tel point qu'il a la permission de porter son lourd accordéon jusque chez elle. Weiss lui donne des entrées gratuites pour un tournoi de catch à Hanovre, spectacle très prisé à l'époque.

Quelques jours plus tard, Hanna Bachmeier prend place sous un chapiteau enfumé au milieu de gens qui hurlent. Les haut-parleurs diffusent la marche nasillarde des gladiateurs, les catcheurs grimpent sur le ring, on les présente un à un au public — Paul Weiss, en maillot de bain, est du lot. Il s'incline avec décontraction. Hanna Bachmeier est impressionnée par ses muscles. Certes, ce soir-là, Jimmy Dula, un Noir de Casablanca fort comme un Turc, l'envoie au tapis au troisième round, mais lorsqu'il quitte le ring avec son adversaire, on lui demande des autographes.

Plusieurs fois, Hanna Bachmeier assiste aux matches de son nouvel ami. Sa sympathie pour lui s'est accrue au point qu'elle garde les yeux fermés lorsqu'il se débat sous un double nelson ou râle lors que son adversaire lui fait un étranglement. Elle analyse ses sentiments : non, ce n'est pas de l'amour. Mais des quelques hommes présents sur le marché du mariage, le catcheur Weiss est du moins le mieux bâti. Jouer tous les soirs des airs de guinguette n'amuse plus Hanna depuis longtemps. Elle préférerait retrouver son rôle de femme au foyer et jouer chez elle, pour son plaisir, Chopin et Beethoven.

Lorsque la troupe de catcheurs change d'endroit, Paul Weiss décroche définitivement. Il trouve un emploi de routier à S. Hanna Bachmeier se marie pour la seconde fois, en blanc avec une couronne de myrte vert. Marianne, qui a six ans maintenant, jette les fleurs. Elle n'a rien contre le nouveau mari de sa mère. Il lui a offert une trottinette,

* Pour des raisons d'ordre juridique, ce nom et quelques autres ont été changés.

aucun autre enfant dans la région n'en possède une aussi belle.

La grand-mère a été indemnisée pour son domaine de Prusse-Orientale : dix-sept mille marks. C'est tout juste suffisant pour acheter une petite maison dans le quartier des réfugiés, dans le Meisenweg (le chemin des mésanges). Marianne emménage avec sa mère et son beau-père à l'étage supérieur, la grand-mère habite au rez-de-chaussée. La petite fille ne se sent pas bien dans ce nouveau logement, elle regrette le vieux Mäuseburg avec ses nombreux recoins et tous ses habitants.

La grand-mère a changé. Elle ne fait plus jamais allusion à la propriété de Stanillien. L'album de photos qu'elle a si souvent feuilleté avec Marianne disparaît dans le tiroir du bas de la commode. Elle a renoncé à tout espoir de retourner dans son pays.

Josef Bachmeier, le père de Marianne, avait toujours laissé faire le destin. Il possédait cette générosité fataliste propre aux ivrognes. Paul Weiss est d'une autre trempe. Le repos est une chose inconnue de lui. Il occupe ses loisirs à transformer la maison comme si elle lui appartenait. C'est un adroit bricoleur, il pose lui-même les papiers peints, installe l'électricité. Il aménage la cave en atelier, y construit une armoire pour ranger ses trophées de catcheur. Il cultive le jardin avec un tel soin que Marianne n'a pas le droit d'y jouer, elle pourrait endommager les parterres de fleurs. Il accomplit son travail sans plaisir, en ronchonnant.

La mère de Marianne arrive vite à la conclusion qu'elle ne pourra pas être heureuse avec cet homme. Mais elle est de nouveau enceinte et n'a pas le courage de rompre.

Paul Weiss se révèle un être mesquin, à l'esprit borné. Un coussin déformé sur le sofa, le journal mal plié ou des empreintes de chaussures dans l'escalier le mettent en fureur. Comme naguère sur le ring, il tente d'assurer sa domination sur les autres.

— Il va falloir descendre de votre piédestal, hurle-t-il.

Votre baraque est aux mains des Polonais. C'est moi qui gagne l'argent ici, maintenant !

L'argent est essentiel pour lui. Sa femme doit justifier chaque pfennig dépensé. Tard le soir, il s'assied dans la cuisine et fait les comptes sur des bouts de papier.

La grand-mère, qui est restée une femme du monde, méprise ce gendre. Ses efforts pour faire de sa maison ce qu'elle ne peut pas devenir lui paraissent ridicules. Elle se replie dans sa chambre au rez-de-chaussée. Parfois, elle cite un vieux proverbe allemand : « Wenn die Knechte tun wie die Herrn, ist der Untergang der Welt nicht fern *. »

La petite Marianne évite le plus possible son beau-père. Il veut qu'elle l'appelle « papa ». Mais, pour elle, il reste « l'oncle Paul ». Un jour, des parents viennent lui rendre visite. Il ne veut pas qu'ils sachent que sa femme a déjà été mariée. Weiss dit à l'enfant :

— Aujourd'hui, appelle-moi papa, juste une fois ! Je te ferai un beau cadeau.

Marianne n'a jamais aussi souvent adressé la parole à son beau-père qu'à l'occasion de cette collation. A chaque fois, elle dit « oncle Paul » en le regardant longuement. A peine les invités ont-ils disparu que Weiss se rue sur Marianne et lui administre une raclée.

— Espèce de teigne, dit-il, je vais te dresser. A partir d'aujourd'hui, tu vas voir de quel bois que je me chauffe !

Marianne n'a jamais été battue. Elle a tellement peur qu'elle ne peut même pas pleurer. Elle court dans sa chambre et se glisse sous la couverture de son lit. Sa mère veut aller la voir. Weiss l'en empêche. Lorsque Marianne se retrouve toute seule dans son lit, elle découvre un sentiment nouveau pour elle : la haine. Haine pour cet homme qui se glisse dans sa vie et dans celle de sa mère. Ce soir-là va marquer le début d'un duel à vie entre Marianne et Paul Weiss.

---

* Quand les valets se conduisent en maîtres, la fin du monde n'est pas loin.

Il conduit le camion d'une firme de combustibles, transportant d'abord du charbon, puis du pétrole. Lorsque le véhicule est devant la maison — Marianne a toujours sa couleur en mémoire : orange avec des lettres blanches —, les ennuis ne sont pas loin. L'homme espionne l'enfant, il s'est fixé pour tâche de lui démontrer toutes ses erreurs. Tous les jours, il passe l'examen de la chambre de Marianne, de ses armoires, de son cartable. Un noyau de pomme sous le lit, un pull-over mal plié, une page de livre cornée, la moindre négligence entraîne inévitablement des châtiments corporels.

Weiss ne frappe plus spontanément. Il commence par fermer soigneusement toutes les fenêtres afin que les voisins n'entendent rien. Ils le prennent pour un père de famille respectable et serviable. Pour infliger des corrections, il n'a besoin ni d'un bâton ni d'une ceinture. Il a appris comment l'on peut faire mal avec ses mains. Souvent, le corps de l'enfant est recouvert de bleus et d'hématomes. Et, lorsqu'il a terminé son œuvre, il a coutume de dire :

— Je te dresserai. Un jour, tu m'en seras reconnaissante.

Mais Weiss ne gagne pas la bataille. Marianne ne baisse pas la tête. Avec les moyens dont elle dispose, elle essaie de se venger chaque fois qu'une occasion se présente. Elle cache ses outils, casse les tiges de ses fleurs préférées quand elle peut se glisser subrepticement dans le jardin et griffonne sur son camion : « Weiss est une truie stupide. »

Weiss a depuis longtemps soumis sa femme à sa volonté. Elle lui obéit en tout, y compris lorsqu'il lui interdit d'avoir désormais des contacts avec sa propre mère au rez-de-chaussée.

En 1956, Hanna Weiss met au monde sa fille Petra, puis, un an plus tard, Birthe, qui souffre dès son plus jeune âge d'une sciatique. Le père ressent comme une humiliation personnelle la naissance de deux filles coup sur coup. Il eût souhaité au moins un fils.

Il fait sentir sa déception. Il est de plus en plus difficile d'échapper à ses accès d'humeur. La cohabitation de deux adultes et de trois enfants dans un espace de cinquante mètres carrés à peine devient problématique. Pourtant, il n'est pas question de déménager. Weiss évoque le décès possible de la grand-mère, qui leur laisserait toute la maison.

Impossible de l'interroger. Pourtant, je préférerais ne pas me fier uniquement aux souvenirs d'enfance de Marianne. Je rends visite à sa mère, qui vit aujourd'hui dans une petite ville entre Francfort et Kaiserslautern. C'est encore une femme d'aspect agréable. Elle a dû aller chez le coiffeur avant ma venue. Elle me fait les honneurs de sa maison. Elle a enfin sa pièce réservée à la musique, avec un piano à queue de prix.

Cette fille de châtelaine d'origine prussienne, successivement femme d'un officier nazi et d'un catcheur, a finalement trouvé un partenaire qui la satisfait. Le soleil brille. Sur la terrasse recouverte d'une marquise à rayures multicolores, la mère de Marianne dispose les tasses à café sur la table. « J'ai une part de responsabilité envers ma fille, me dit-elle ; j'aurais dû la protéger davantage, tout se serait certainement passé différemment. Mais j'étais trop lâche. Sans Weiss, je n'étais rien. J'ai voulu souvent m'enfuir avec mes enfants, mais où ? »

Elle remplit ma tasse, sa main tremble. Elle avait cru ne plus jamais devoir rouvrir cette page de son existence. Elle la croyait définitivement tournée. Elle murmure : « Ça va vous sembler dur, mais lorsqu'il est mort, mes enfants et moi, nous ne savions pas si nous devions rire ou pleurer. »

Elle vient de terminer une longue lettre à Marianne. En haut, sur la première page, elle a collé une fleur de son jardin. « Ma chère enfant, écrit-elle, que ce petit souvenir de notre jardin soit pour toi un rayon de soleil — cette petite fleur te transmettra tout notre amour. Les fleurs sont une joie dans le bonheur et dans la souffrance — elles représentent l'espoir. Une fleur éveille toujours à une nouvelle vie. Après l'obscurité vient toujours pour nous la lumière. Penses-y toujours. »

Elle poursuit : « Pourquoi ne t'ai-je pas suffisamment protégée ? Maintenant, je vais faire l'impossible pour t'aider ! »

La lettre est adressée à Marianne Bachmeier, Marliring 41, 2400 Lübeck. C'est l'adresse de la prison. La missive ne parviendra pas directement à l'intéressée. Le procureur va d'abord la lire, décider s'il peut autoriser la fleur à pénétrer dans la cellule, apposer enfin son tampon rouge sur l'enveloppe ouverte.

Un peu plus tard, la mère de Marianne me raconte un nouvel épisode que j'ai déjà entendu de la bouche de sa fille. « J'ai tellement honte, me dit-elle. Mais notez quand même, cela aidera peut-être Marianne. »

La petite fille a huit ou neuf ans, c'est le soir, son beau-père l'envoie chez l'épicier au coin de la rue. Le magasin est déjà fermé, mais le commerçant, un homme gentil, ouvre pour Marianne. Il lui faut des lames de rasoir.

— Elles sont là-haut, sur l'étagère, dit-il. Attrape-les toi-même. Prends ce tabouret !

Quand Marianne est juchée sur le tabouret, il glisse sa main entre ses jambes, la caresse sous son slip. Elle le laisse faire, elle ne trouve pas ce contact désagréable. Et elle apprécie les chocolats dont lui fait cadeau le commerçant.

Elle rapporte l'incident à sa mère. Celle-ci prévient son mari. Avec l'enfant, ils se rendent chez l'épicier. Celui-ci avoue tout. Il regrette, dit-il, mais lorsqu'il a vu la fillette juchée sur le tabouret avec sa jupe courte, il n'a pas pu s'en empêcher. Il se déclare prêt à dédommager les parents.

Cette fois, Weiss, cet impulsif, ne perd pas son sang-froid. Il prend l'argent et serre la main de l'épicier.

Revenu à la maison, il ferme de nouveau toutes les fenêtres. Puis il tombe sur Marianne à bras raccourcis.

— Petite salope, hurle-t-il, tu finiras dans le caniveau !

# CHAPITRE II

Cette mère qui a permis que soit gâchée l'enfance de sa fille devient de plus en plus étrangère à Marianne. Mais son père père, Josef Bachmeier, est toujours là. Il a loué une chambre meublée au coin du Meisenweg, la rue où grandit sa fille. Comme en a décidé le tribunal à la séparation des parents, Marianne a le droit d'aller le voir tous les quinze jours. Elle se réjouit de ses visites, ne fût-ce que parce que chez lui, elle échappe à son beau-père.

Josef Bachmeier boit toujours. Plus l'Allemagne se redresse, plus il s'enfonce. Il ne remarque rien de ce qu'il advient de sa fille. Et Marianne ne lui dit rien de ce qu'elle endure. Elle a le sentiment que ce n'est pas lui qui doit la protéger, mais elle qui doit veiller sur lui.

Par contraste avec l'ordre oppressant qui règne chez elle, elle apprécie le chaos de sa chambre. Le soir, elle a la permission de venir dans son lit se blottir contre lui. Josef Bachmeier ne la gronde pas non plus lorsqu'elle essaie dans sa chambre les nouveaux patins à glace qu'il lui a offerts, abîmant ainsi le tapis.

Weiss ne voit pas d'un bon œil que Marianne se soustraie deux fois par mois à son contrôle. Il est jaloux de ce père bon à rien qui a conquis sans efforts l'amour de la fillette. Weiss, qui gagne sa vie comme chauffeur, ne laisse pas passer une seule occasion de rabaisser son prédécesseur. Lorsque Josef Bachmeier offre à sa fille pour ses onze ans un accordéon très cher, il déclare :

— Il joue les généreux, et il n'a rien dans les poches. Qu'il se contente de picoler avec sa Ritterkreuz !

Marianne se voit interdire, sous peine de punition, de prendre contact avec son père en dehors des jours autorisés. Mais elle s'en moque ; elle est devenue rusée et ne se laisse pas prendre si facilement. Souvent, elle passe le voir le matin, avant l'école, surtout quand elle doit faire signer une composition ratée. Josef Bachmeier signe et, en échange, elle va lui chercher à la buvette sa première bière de la journée.

Quand elle a envie de le voir, Marianne suit son père à la trace comme un jeune chien sur celles de son maître. Il n'est pas difficile à trouver. Il y a à l'époque sept bars à S., y compris le glacier Marinellos. Josef Bachmeier est toujours dans l'un d'entre eux, de préférence dans celui où il a l'ardoise la moins longue.

Marianne court de bistrot en bistrot jusqu'à ce qu'elle l'ait trouvé. Elle lui donne un baiser avant de s'asseoir à sa table. Il est presque toujours seul. Le tavernier, qui les connaît tous les deux de longue date, apporte sans qu'on le lui demande une bière de Malte pour l'enfant et un demi pour le père. Ils trinquent. Marianne dit « Prost ». Josef Bachmeier ne raconte plus que rarement ses souvenirs de guerre. C'est la gamine qui papote, elle raconte sa vie.

Il l'écoute en silence. L'écoute-t-il vraiment ? Régulièrement, il lui donne une pièce de cinquante pfennig pour le juke-box. Marianne aimerait bien entendre Alice Babs, Freddy Quinn ou Otto et son piano désaccordé qu'elle trouve si drôle. Mais elle sait que son père n'aime que deux morceaux. Elle enfonce les touches : *Alte Kameraden* et *Preussens Gloria.*

Il est assis là, sa Ritterkreuz épinglée sur sa veste usée,

la musique militaire l'emporte au loin. Ses yeux qui, chose étrange, ne sont jamais obscurcis par l'alcool, sont perdus dans le vague. Marianne ne reste pas longtemps. Un nouveau baiser furtif, et la voilà disparue. Il n'y a que le dimanche, quand elle a la permission de dormir chez lui, qu'ils partent ensemble. En temps normal, il reste jusqu'à la fermeture.

*Alte Kameraden* est un chant d'homme. On l'entonne dehors dans la cour des casernes, pour la fête des pères, quelquefois à la table des habitués. Il me sera donné de l'entendre en prison, à Lübeck. Marianne Bachmeier me chante toutes les strophes. Elle n'en a oublié aucun mot. Sa voix est douce, rauque et grave, elle résonne dans le parloir.

C'est contraire au règlement. Pourtant, l'employée qui surveille notre conversation n'ose pas interrompre la détenue. Ça ne servirait à rien, d'ailleurs.

Marianne Bachmeier se roule une cigarette. Elle a de longs doigts fins. Ses mains ont quelque chose d'imprévisible, elles peuvent certainement se montrer délicates, mais griffer aussi. Elle roule le papier avec beaucoup d'adresse. Enfant, elle le faisait volontiers pour son père. Il n'aimait que celles qu'on faisait soi-même.

— Je l'ai follement aimé, dit-elle. En fait, il ne savait pas s'y prendre avec les enfants, mais tous étaient fous de lui.

Il est mort depuis dix ans déjà à l'époque où je vais voir Marianne en prison. Il est décédé au poste de police de S. Marianne était seule à son enterrement. Un jour, elle a voulu lui apporter des fleurs. Mais finalement, c'est une carte postale qu'elle déposé sur sa tombe. Dessus, une phrase : « Drei Tage war der Vater krank, jetzt säuft er wieder, Gott sei Dank ! * » Elle l'a trouvée dans un magasin.

---

* Le père a été malade pendant trois jours, maintenant il boit de nouveau, Dieu soit loué !

— Ça lui a fait plaisir, dit-elle. Nous avons bien ri ensemble.

Comme toujours, j'enregistre notre entretien. Sur la route de Hambourg, je mets la cassette dans l'auto-radio. De nouveau la chanson : *A l'attaque, rendons coup pour coup, gloire et honneur nous apportent le bonheur. En avant, camarades, rechargeons nos fusils. Vive la musique militaire !* Je me transporte en pensée dans une gargote. Devant moi, un homme et une enfant écoutent la musique nasillarde qui sort d'un juke-box. Je me fais l'effet d'un intrus.

Les années passent. Le beau-père ne relâche pas ses efforts pour faire de Marianne une personne « comme il faut », au sens où il l'entend. Il lui coupe les cheveux courts, au-dessus des oreilles. Tous les soirs, elle doit lui montrer ses mains, d'abord à l'intérieur, puis à l'extérieur.

Les autres enfants la traitent de garçon, à cause de sa coupe de cheveux. Elle leur prouve le contraire.

Marianne est encore un vilain petit canard. Elle a un défaut à l'œil et doit porter des lunettes, ce qui lui vaut les surnoms de « binocleuse » et de « loucheuse ». On l'opère deux fois de l'œil. Il ne lui restera qu'un léger strabisme dont les hommes diront plus tard qu'il lui donne du charme.

D'un seul coup, à treize ans, Marianne se développe, elle a de longues jambes fines et de jolis petits seins. Les garçons commencent à affluer dans sa rue d'habitude si calme. Les filles de leur côté font davantage attention à elle, elles flairent la concurrence. Marianne apprécie cette nouvelle situation. A la maison, elle se bat pour obtenir l'autorisation de porter les cheveux plus longs — en queue de cheval. Dès qu'elle sort du champ de surveillance du beau-père, elle laisse tomber sa crinière sur ses épaules. Elle a commencé un cahier de poésie. C'est son père qui en a écrit la première ligne : « Noble soit l'homme, courageux et fidèle. »

Un dimanche, elle va en secret au cinéma, à la séance de l'après-midi. On joue *Liane la sauvageonne,* l'histoire d'une fille qui grandit seule dans la jungle, environnée d'animaux sauvages et d'indigènes. Le film touche profondément Marianne. Elle écrit à l'actrice pour lui demander un autographe. Elle est déjà Liane elle-même, elle fait ses esclaves de ses compagnons de jeu. La sauvageonne Marianne récompense d'un baiser les plus fidèles, parfois, ils ont même le droit d'effleurer de la main son corps précoce.

Sa maîtresse a recommandé Marianne pour le lycée de H. Mais Weiss est contre. Il déclare que le trajet quotidien sera trop long et trop fatigant pour l'enfant. Chez lui, le discours est différent :

— Qu'irait faire une fille au lycée ? C'est de la perte de temps.

Comme toujours, il impose sa volonté, et Marianne reste à S., au cours complémentaire. Si Weiss avait su ce qui allait se nouer là, nul doute qu'il eût préféré que sa belle-fille prépare son bac.

Lorsque Marianne est en huitième, toutes les filles ont le béguin d'un garçon de neuvième *, Hermann Pagel. Non seulement Hermann est beau, mais ses parents, des commerçants aisés, lui permettent nombre d'extravagances qui le distinguent encore davantage des autres. Il porte des vestes anglaises et de luxueux pantalons de flanelle. Style bon chic bon genre. Bien sûr, il est motorisé. Tandis que ses compagnons de classe vont à l'école à pied ou à vélo, il se rend à ses cours sur un cyclomoteur rouge vif.

Comme toutes les filles veulent Hermann, Marianne le convoite aussi. Son charme lui donne un avantage ; en plus, elle sait se battre, elle a appris les ruses de guerre à l'école de son beau-père. Seuls, ses vêtements lui donnent du souci. On lui donne le minimum, un minimum qui a surtout pour fonction de tenir chaud. Lasse de jouer les Cendrillons, elle emprunte à ses copines des pull-overs ajus-

* Huitième et neuvième : l'équivalent de cinquième et quatrième dans un lycée français.

tés et des jupes courtes qu'elle enfile dans les toilettes avant le début des cours. Et Hermann, la coqueluche de l'école, mord à l'hameçon. Bientôt, son cyclomoteur pétarade dans le Meisenweg. Marianne n'a plus besoin d'aller à pied à l'école.

L'après-midi, ils se retrouvent au *Quelle,* un café prisé par les couples de lycéens parce qu'on y trouve une arrière-salle peu éclairée et que le patron garde sa bonne humeur, même quand on commande un Coca avec deux pailles. Ils flirtent comme les autres et tout le monde les trouve « adorables ». Hermann est un fan des Beatles. Il bourre le juke-box de pièces de monnaie. Et, tandis que tout le répertoire y passe, il glisse une main d'abord timide sous la jupe de Marianne. Elle aussi adore les Beatles. Hermann lui offre le disque *Mr. Postman.* Le beau-père découvre le cadeau. Il ne supporte pas la « musique de nègres » chez lui et brise le disque.

Dans le « plan d'études » que Weiss a dicté à Marianne, il reste trop peu de temps pour Hermann. Elle craint de se le faire « souffler » par des filles ayant davantage de loisirs. Mais la chance lui sourit. En 1965 vient au monde son demi-frère Klaus-Peter, surnommé « Petit Homme ». Weiss se sent réhabilité. Après deux filles, voici enfin le garçon qui va perpétuer son nom. Marianne saute sur l'occasion. Il faut sortir le bébé, dit-elle, il a besoin d'air frais.

Elle s'absente des après-midi entiers avec Petit Homme dans sa poussette. Une telle sollicitude impressionne favorablement Weiss lui-même. Mais Petit Homme ne voit ni aires de jeux, ni espaces verts. Marianne pousse directement sa petite voiture chez Hermann. Les parents de ce dernier ne rentrent que le soir du magasin, les deux jeunes gens sont tranquilles toute la journée. Le bébé sommeille paisiblement dans sa poussette. Hermann et Marianne sont allongés nus sur le lit et commencent leur voyage d'exploration.

Marianne goûte beaucoup ces jeux de l'amour. Mais bientôt, ils ne lui suffisent plus. Elle veut qu'il l'aime vraiment. Hermann juge le risque trop grand, il refuse. Il n'est pas étonnant que ce garçon si maître de lui soit devenu par la suite un homme d'affaires avisé.

Dans la petite ville de S., théâtre de l'enfance et de la jeunesse de Marianne Bachmeier, on se souvient parfaitement d'elle aujourd'hui encore. On a dévoré, découpé et soigneusement conservé les articles parus sur le « cas Bachmeier » dans les quotidiens et les magazines. Enfin quelqu'un de S. faisait les gros titres. Pourtant, ceux qui ont bien connu Marianne tiennent à conserver l'anonymat. Ils veulent bien parler, à condition qu'on ne mentionne pas leur nom. Et comme toujours dans ces cas-là, certains affirment qu'ils savaient depuis le début que Marianne finirait mal.

J'ai rendez-vous avec un homme qui se trouvait à l'école avec elle. Aujourd'hui, il compte parmi les notables de l'endroit. Il a préparé une explication. Mais, auparavant, je dois m'engager par écrit à ne pas révéler son nom. L'excamarade d'école de Marianne raconte :

« On la nommait Jane, du nom de la femme de Tarzan. Car, très précoce, elle avait un magnétisme incroyable. Je crois que tous les garçons en pinçaient pour elle. Et même certains professeurs. Ils devenaient quelquefois tout rouges quand elle les regardait trop longuement. En tout cas, personne n'a réussi à l'avoir. C'est Hermann qu'elle voulait, il était le Roi de l'école. Et ce que Marianne voulait, elle l'obtenait. Pendant la récréation, ils se bécotaient, debout au milieu de la cour. Ils se moquaient complètement qu'un professeur pût les voir. Bien sûr, on était tous un peu jaloux. Mais, parmi ceux qui n'étaient pas arrivés à leurs fins avec Marianne, il y en a qui ont raconté des cochonneries sur elle. Ils disaient que c'était une pute, qu'avec elle, tout le monde avait ses chances, etc. Tout ça dans son dos, car ils avaient trop la trouille. Elle pouvait se montrer vraiment méchante. C'était déjà une personnalité. Autant que je m'en souvienne, elle était presque toujours élue chef de classe. »

Le jour des seize ans de Marianne, un vendredi ensoleillé de juin 1966, les choses se précipitent. Hermann a vaincu ses scrupules. La désillusion que vivent tant d'adolescents lors de la première expérience leur est épargnée. Marianne est passionnée et crie si fort son extase que Petit Homme, dans son berceau, se met à pleurer. Son désir était encore exacerbé, m'a-t-elle avoué, à l'idée que son beau-père, ne se doutant de rien, l'enverrait ce soir-là encore au lit à huit heures, comme une petite fille.

A la maison, il fait toujours la loi : « Couvre-feu à huit heures. » Marianne doit disparaître sous les couvertures en même temps que ses frères et sœurs. Mais, après tout ce qui s'est passé, comment le pourrait-elle ? C'est une femme maintenant. La perte cet après-midi-là chez Hermann de cette mystérieuse petite membrane qui provoquent chez les adolescentes tellement de chuchotements et de gloussements, lui a donné des forces. Elle aimerait pouvoir jeter au visage de Weiss :

— Va te faire foutre, petit-bourgeois ! Tu ne sais pas ce qui se passe. J'ai un ami, et on prend notre pied ensemble !

Un plaisir que la mère de Marianne refuse désormais à son mari. Trois enfants lui suffisent et, depuis la naissance de Petit Homme, Weiss doit dormir sur le divan du salon, ce qui ne contribue pas à améliorer l'ambiance.

Mais Marianne est assez intelligente pour se taire. Elle se couche docilement et attend que Petra et Birthe soient endormies. Puis elle s'habille silencieusement et glisse sous le couvre-lit son ours Max, le compagnon de son enfance. Précaution superflue, car Weiss est loin d'imaginer que l'un de ses enfants puisse avoir l'audace d'enfreindre ses commandements.

La chambre des filles est au rez-de-chaussée. Marianne escalade prestement le rebord de la fenêtre et court rejoindre Hermann. Elle grimpe dans sa chambre en passant sur le toit d'un garage.

Elle va chez lui presque chaque nuit. Elle se glisse dans son lit, se serre contre lui. Hermann, c'est sa vie. Personne ne le lui prendra. Elle le veut pour elle toute seule. Sans relâche, elle lui murmure : « Je t'aime », lui demande : « Et toi, tu m'aimes ? »

Ils sont allongés sous un poster représentant John Lennon et font des plans d'avenir — surtout Marianne, Hermann écoute. Elle a lu un article sur Gretna Green, en Ecosse. On y marie les mineurs. Et en Allemagne de l'Est, on est majeurs à dix-huit ans, trois ans plus tôt qu'ici *. La tête que ferait Weiss s'ils faisaient la valise ! Elle rit tout haut et Hermann tire la couverture au-dessus de sa tête. Deux pièces plus loin dorment ses parents...

Epuisé, il s'endort. Marianne reste éveillée. Elle n'a jamais été aussi heureuse. A l'aube, elle s'échappe sur la pointe des pieds.

A sept heures et quart, c'est le premier cours. Les cours, les professeurs, l'institution elle-même, tout cela lui apparaît comme un enfantillage qui ne la concerne plus. Elle reste assise pendant des heures, rêvant à la dernière nuit — ou est-ce déjà la prochaine ? Toutes les déceptions passées sont oubliées.

* La majorité à dix huit ans en RFA a été adoptée en 1975.

# CHAPITRE III

Marianne reste persuadée, aujourd'hui encore, qu'au jour de ses seize ans elle n'a pas seulement perdu son innocence. Hermann le prudent s'était certes pourvu d'un moyen contraceptif, mais cela rebutait Marianne.

Pendant longtemps, elle refusera de s'avouer qu'elle est enceinte. Elle ne dit rien à Hermann. Elle ne veut pas gâcher la période de bonheur qu'elle vit avec lui.

C'est seulement lorsqu'elle ne peut plus participer aux cours de gymnastique, car son état serait trop visible, qu'elle va consulter un médecin. Après un bref examen, il lui confirme ce qu'elle sait déjà :

— Vous attendez un enfant.

Et il la congédie sans indulgence avant qu'elle n'ait trouvé le courage de demander son aide.

A qui s'adresser ? Son père est loin de S., dans un sanatorium. Elle imagine quelles seront les réactions de sa mère et de son beau-père, et cela ne l'encourage pas à se confier. A cette époque, la campagne pour la libéralisation de l'avortement n'a pas encore commencé. Et Marianne ignore l'existence en Hollande de cliniques spécialisées. Elle n'a pas non plus, comme ce serait le cas aujourd'hui, la possibilité d'aller demander de l'aide dans un Planning familial.

Elle poursuit ses escapades nocturnes chez Hermann ; puis, un jour, elle n'y tient plus. Elle lui avoue son état. Hermann a plus peur que Marianne et, ni cette nuit-là, ni les suivantes, il ne la touchera plus, bien qu'elle en ait tant envie.

Les deux adolescents accumulent les tentatives infructueuses pour se débarrasser de l'enfant : il l'emmène à cyclomoteur sur des chemins de campagne cahoteux, traverse des rails. Il la plonge dans un bain bouillant et lui fait boire une bouteille de vin rouge. Elle connaîtra à cette occasion sa première gueule de bois.

Pendant quelque temps, Marianne se nourrit de pilules amaigrissantes car elle a lu dans le mode d'emploi qu'elles sont interdites aux femmes enceintes. Quelqu'un lui dit qu'il lui faut s'asseoir dans de la farine de moutarde. Tout cela sans résultat. La vie qui est en elle est tenace, l'enfant ne se laisse pas évincer.

Il ne reste plus à Marianne qu'à mettre sa mère au courant. Celle-ci a tellement peur de son mari qu'elle se confie aussitôt à lui. Paul Weiss y voit la confirmation des funestes pressentiments qu'il a conçus depuis des années au sujet de sa belle-fille.

Cette fois, il ne la frappe pas. Il se contente d'ouvrir la porte en hurlant :

— Dehors, putain ! Ma maison n'est pas un bordel !

Marianne enfile son manteau et prend ses jambes à son cou. Elle se retourne une dernière fois et appelle :

— Maman, pourquoi le lui as-tu dit ?

Weiss claque la porte. La mère n'ose pas aller chercher sa fille.

Cette nuit-là, Marianne la passe sur un banc, dans un parc. Elle n'ose même pas aller rejoindre Hermann. Pourtant, ses parents prennent la chose avec plus de décontraction. Son père s'est contenté de dire :

— Moi non plus, à son âge, je ne laissais pas le lait sur le feu...

Le lendemain matin, un professeur de Marianne la découvre par hasard endormie sur le banc. Elle la ramène chez elle et menace Weiss de porter plainte s'il recommence.

Il ne tient pas à avoir affaire à la police. Il supporte la jeune fille comme une tache indélébile dans son intérieur si propre. Comme la « faute » de Marianne devient de plus en plus visible, il obtient d'un bureau d'assistance aux mineurs son envoi dans un foyer pour filles-mères à Hanovre. De là, Marianne écrit : « Maman, aide-moi, ou je me suicide. »

La mère n'ose pas se dresser ouvertement contre son mari. Dans son dos, elle loue une chambre pour sa fille à S. Petra et Birthe portent tous les jours son repas à Marianne. Weiss découvre le complot et fait un scandale. De nouveau, l'enseignante intervient. Marianne est autorisée à revenir chez elle.

Le 11 mars 1967 — elle a à peine dix-sept ans — elle met un enfant au monde, Christina. Les douleurs sont longues ; dans la salle d'accouchement, Marianne crie de douleur. La sage-femme la rudoie :

— Cesse donc tes lamentations ! Quand il est entré, tu n'as rien dit !

Désemparée, Marianne regarde le petit tas de vie froissé, minuscule, qui vient de sortir d'elle, elle n'arrive pas à réaliser, elle ne se sent pas concernée.

Elle est dans une pièce, avec cinq autres femmes. Les autres sont gâtées, félicitées par leurs parents et amis. Les rares visiteurs de Marianne se conduisent de manière embarrassée. Comme s'ils avaient à présenter des condoléances. Ce sont ses compagnes de chambre qui la consolent. Elles la nomment « Petit Poussin » et affirment que c'est elle qui a le plus beau bébé.

Son professeur vient la voir. Elle lui offre un roman de

Fontane. Marianne essaie de le lire, mais elle comprend seulement qu'il s'agit d'une femme tout aussi désemparée qu'elle-même.

Hermann, lui aussi, fait une apparition. Il apporte des roses : seize pour elle, une pour l'enfant. Il lui parle d'une boîte de nuit qui vient d'ouvrir à H. L'ambiance y est super ! Il y est déjà allé trois fois. Il demande enfin où se trouve l'enfant.

— Tire-toi, lui dit-elle en refoulant ses larmes jusqu'à ce qu'il ait quitté la pièce.

On est encore plus à l'étroit chez elle lorsque Marianne y revient. Avec son bébé Christina, qu'elle appelle Tina, cela fait maintenant sept personnes dans cinquante mètres carrés. Le nouveau-né doit dormir la nuit sur la table de la cuisine. Le beau-père laisse libre cours à sa mauvaise humeur. La mère de Marianne est à bout de nerfs.

Seules les deux petites sœurs sont aux anges. Quand Marianne donne le biberon au bébé, elles s'assoient près d'elle et font boire leurs poupées. Marianne leur explique que leur jeune frère Petit Homme, qui a deux ans de plus qu'elles, est l'oncle de Tina et qu'elles-mêmes sont ses tantes. Toutes trois éclatent de rire. Il n'y a guère d'autres occasions de rire au 5 Meisenweg.

Cette fois, Marianne est plutôt soulagée lorsque son beau-père réussit de nouveau à la placer dans un foyer. Celui-ci se trouve à proximité de H., dans un petit village au nom enchanteur : Himmelsthür (porte du ciel). Tout en logeant là, elle commence un apprentissage dans un magasin d'articles de ménage.

Le foyer Himmelsthür ferme à dix heures. Les filles doivent être rentrées avant. Marianne s'est réconciliée avec Hermann. Celui-ci suit une formation bancaire. Il achète des bagues et se fiance avec Marianne contre l'avis de son père qui a dit à son fils :

— Quand tu veux boire un litre de lait, tu n'as pas besoin d'acheter toute une vache.

Presque tous les soirs, Hermann attend devant le foyer. Quand Marianne a mis sa fille au lit, tous deux foncent en cyclomoteur vers H., dans cette nouvelle boîte qui emballe tellement Hermann : le *Kroko*. Marianne préférerait aller ailleurs, être seule avec lui. A neuf heures déjà, elle doit repartir pour prendre le bus qui la ramène au foyer. Elle est mortifiée qu'Hermann reste là sans elle, qu'il ne l'accompagne même pas jusqu'à l'arrêt de bus.

Un soir, elle rate le bus et revient au *Kroko*. Hermann danse avec une fille en la serrant de très près, ils s'embrassent sur la bouche. Elle s'approche de lui et dit :

— Viens, sortons !

— Tire-toi, répond-il ; tu me déranges.

La fille se serre davantage contre Hermann.

— Va donner le biberon à ta fille, dit-elle à Marianne.

La sono ressasse *Winchester Cathedral*. Ils continuent à danser.

Marianne arrache sa bague de fiançailles de son doigt et la jette aux pieds de Hermann.

Soudain, un jeune inconnu se dresse à côté d'elle.

— Tu veux que je lui casse la gueule ? demande-t-il.

Elle laisse échapper un juron et s'enfuit. Le jeune homme la raccompagne en voiture au foyer.

Le lendemain matin, elle appelle Hermann à la Caisse d'Epargne. Elle veut se réconcilier avec lui. Il lui interdit de le déranger de nouveau à son travail.

— Tu m'as ridiculisé devant tout le monde. C'est fini entre nous.

Et il raccroche.

Marianne lui écrit des lettres qu'elle accroche à son cyclomoteur. « Nous avons un enfant, écrit-elle. Je t'en prie, ne me laisse pas seule. Je t'aime. »

Hermann ne réagit pas. Elle ne veut pas croire qu'elle l'a perdu pour toujours ; elle le guette, lui fait des scènes en pleine rue, le gifle et l'injurie.

— Je ne sais pas perdre, m'explique-t-elle ; j'essaie toujours de me raccrocher à ce qui m'échappe. Ce n'est pas une bonne chose.

Que s'est-il passé réellement entre Marianne et Hermann, je ne connais de l'histoire de ce premier amour que la version de Marianne. Hermann vit aujourd'hui dans la banlieue d'une grande ville d'Allemagne du Nord. C'est un homme d'affaires qui a réussi, il a une femme et deux enfants. J'ai envie de le connaître. J'appelle chez lui.

C'est sa femme qui me répond. Elle demande :

— Que voulez-vous à mon mari ?

— Je préférerais le lui dire moi-même.

— Dans ce cas, il m'est impossible de vous le passer.

Je précise :

— Il s'agit de Marianne Bachmeier. Votre mari a eu une liaison avec elle. J'écris un livre sur...

Elle ne me laisse pas poursuivre.

— Comment osez-vous appeler ici ? Nous n'avons rien à voir avec cette femme !

— Votre mari et Marianne Bachmeier ont un enfant. Peut-être pourrait-il...

Elle m'interrompt de nouveau :

— Vous avez totalement perdu l'esprit...

Et elle raccroche.

A ma visite suivante à la prison, je raconte cette conversation à Marianne. Avec un sourire crispé, elle dit : « Oui, ce cher Hermann. Chacun a le sort qu'il mérite. Je peux te dire exactement à quoi ça ressemble, chez lui. Il est certainement propriétaire d'un bungalow rempli de meubles laqués blanc. Tout nickel. Il a sûrement un bar à l'intérieur, et il conduit une Mercedes. Il en a toujours rêvé. On parie ? Va lui rendre visite et rends-toi compte... »

Il y en a un autre que je dois absolument aller voir, me dit-elle : Rudolf L., c'était un ami sûr, un vrai copain. Il pourra certainement m'apprendre beaucoup de choses.

Rudolf habite à la périphérie d'une petite ville dans les collines de la Weser. Sa maison est peinte d'un jaune soutenu. Elle a un air plus accueillant que les autres bâtisses alentour. L. m'attend. Marianne lui a écrit. Nous faisons une promenade à pied. Il m'explique que chez lui, nous ne serions pas tranquilles. Il a quatre enfants adoptifs.

Rudolf est prêtre dans une prison. Il s'occupe de jeunes délinquants. La prison passe pour moderne. Les jeunes y vivent ensemble, par petits groupes. Derrière les grilles, ils peuvent se mouvoir librement. L. murmure :

— Marianne en taule, et moi curé dans une prison... Il n'y a pas de hasard !

Le Père L. a longuement réfléchi à ce qu'il devait me dire de Marianne. Il se souvient de cette cérémonie de remise des prix sanctionnant pour tous deux la fin de leurs études. Parents et élèves, habillés en dimanche, s'étaient réunis dans le grand amphithéâtre. Le directeur avait fait un discours inspiré de la phrase de Goethe : « Ce que tu hérites de tes pères, gagne-le afin de le posséder. » L'orchestre de l'école s'essayait à Ludwig von Beethoven.

Marianne était à cette époque très visiblement enceinte de Christina. Personne n'aurait imaginé qu'elle oserait, dans son état, apparaître à la remise des prix. Beaucoup de bruits couraient sur elle. A l'école, on ne l'appelait que « la Bachmeier ».

« Je lui avais conseillé de ne pas y aller, se souvient Rudolf L. Epargne-toi cette épreuve... Justement ! m'a-t-elle répondu. Lorsque son tour est venu, elle s'est levée pour venir prendre son diplôme. Avec mention d'ailleurs. Elle aurait pu facilement passer son bac. Je revois encore la scène comme si j'y étais. Bombant le ventre, la tête fièrement redressée. Les badauds autour d'elle, elle ne s'en souciait pas. Elle est passée devant moi comme une amazone. Typique de Marianne, elle suit son idée, sans compromissions, le cœur rempli d'honneur et de justice, toujours prête à se battre. Ce jour-là, je l'ai admirée. »

L. m'avoue s'être parfois demandé si Marianne n'est pas pour quelque chose dans sa vocation ecclésiastique.

Spectateur de son destin, il a compris à travers son exemple que l'on n'avait pas le droit d'abandonner ses semblables, comme on l'avait fait pour Marianne.

Avant que nous nous séparions, il me dit encore : « Le cas Bachmeier fait beaucoup de bruit, aujourd'hui. Dans deux ou trois ans, les esprits se seront calmés. La presse aura oublié. Si Marianne le désire, je pourrai peut-être l'aider, alors. »

Revenons à notre histoire. Hermann disparaît donc de la vie de Marianne. Ses rapports avec lui se limitent à toucher une pension alimentaire pour Christina. A Noël, il fait déposer au foyer un paquet pour sa fille. Marianne le rapporte chez lui et le jette par-dessus la grille du jardin. Un an plus tard, jour pour jour, le même paquet arrive par la poste.

Le soir, alors que les autres sortent en ville, Marianne reste dans sa chambre. Pour la première fois, elle a du temps à consacrer à sa fille. Jusque-là, elle s'était contentée de la nourrir, de la langer et d'attendre impatiemment qu'elle s'endorme, tellement elle craignait de passer à côté des plaisirs de la vie. Maintenant, elle cajole le bébé, le prend avec elle dans son lit, lui raconte ce qui la touche. Elle dit aussi :

— Ton père est un porc.

Le jeune homme qui l'a raccompagnée chez elle après sa querelle avec Hermann fait des apparitions fréquentes. Souvent, il l'attend à la sortie du magasin. Elle l'envoie balader, ne veut pas s'engager de nouveau avant d'avoir tiré un trait sur le passé. Les autres filles du foyer trouvent le jeune homme sensationnel. Elles disent qu'il ressemble à Alain Delon. De plus, il a une voiture. Il se nomme Hagen Stiller. Hagen a deux ans de plus que Marianne. Il travaille comme imprimeur à Hanovre.

C'est le printemps. Marianne se sent en prison à Himmelsthür. Mais Hagen est là. Il ne se laisse pas décourager. Que Marianne ait un enfant ne le dérange pas. Ils sortent plusieurs fois ensemble. Une nuit particulièrement douce,

Hagen l'emmène dans la forêt et veut l'aimer dans la voiture. Marianne le laisse faire. Pour elle, c'est un peu comme si elle faisait plaisir à un ami.

Elle prend sa nouvelle grossesse avec indifférence. Elle s'est résignée à ce rôle de perdante. Ma vie est déjà tracée, se dit-elle, que pourrait-il encore m'arriver ? Ses parents l'ont rejetée. Elle voulait Hermann, elle a eu Hagen. Et elle se moque même de perdre sa place d'apprentie au magasin.

Marianne ne tente pas de se faire avorter. Négligemment, elle dit à Hagen :

— Tu m'as fait un gosse.

Il veut aussitôt l'épouser.

— Tu plaisantes ? s'exclame-t-elle. Pourquoi t'épouserais-je ? Je ne t'aime pas.

Elle voit très peu sa famille. Elle ne veut pas tomber sur son beau-père. Sa mère ignore qu'un nouvel enfant est en route. En août 1968, tout le monde est parti en vacances, la maison est vide. Pendant cette période, Marianne est souvent à S. Elle apprécie d'être seule dans le logement. Il lui arrive d'y dormir.

Dans le quartier, son beau-père a raconté partout quel genre de « salope » était sa belle-fille.

— Ce n'est pas de ma faute, affirmait-il. J'ai tout tenté. Mais elle n'est pas de mon sang.

Sa graine à lui continue de grandir...

Une nuit, Marianne se réveille. Un homme est au pied de son lit. Il est entré dans la chambre par la fenêtre ouverte. C'est un voisin. Il a une femme et des enfants. Marianne le connaît depuis longtemps. Jusqu'à ce jour, il a toujours été gentil avec elle. Maintenant, il la menace :

— Si tu cries, je te tue, j'ai un pistolet !

Il l'oblige à se déshabiller.

— Je t'en prie, laisse-moi, implore-t-elle. J'attends un enfant.

Il est saoul. Il se jette sur elle, la brutalise. Avant de partir, il dit seulement :

— Laisse la police en dehors de ça. Sinon, ça ira mal pour toi. J'ai des relations au Jugendamt *.

Dès que l'homme a disparu, Marianne court au poste de police. On transporte la jeune fille à l'hôpital. Plus tard, au cours du procès qu'elle intente à l'homme qui l'a violée, un fonctionnaire de la police criminelle fait remarquer que, dans son entourage, cette fille est considérée comme ayant des mœurs légères.

La défense tente elle aussi de donner cette étiquette à la plaignante. Elle n'a que ce qu'elle mérite...

Cela ne plaît pas au juge. Il dit :

— Même les filles légères ont le droit de choisir les hommes avec qui elles entretiennent des rapports !

Il condamne l'homme pour viol à un an et demi de prison. Dans le prononcé du jugement, il précise : « La partie civile s'est efforcée à une grande objectivité et a évité toute exagération des faits. »

Pour le beau-père, Marianne n'a à s'en prendre qu'à elle-même. Lorsqu'il apprend qu'elle est de nouveau enceinte, il fait un scandale au foyer où l'on est coupable de ne pas l'avoir surveillée d'assez près. Il exige qu'on la place dans une maison de redressement.

Marianne est séparée de sa fille Christina et envoyée à Soest, en Westphalie. Pendant le voyage, elle avale quarante pilules de somnifère. Elle se réveille à l'hôpital. Une compagne de chambre appelle Hagen Stiller. Il vient aussitôt. Ils s'enfuient de nuit dans sa voiture.

Hagen fait son service militaire à Hanovre. Marianne dort dans l'auto, pas encore remise de sa tentative de suicide.

Les nuits de novembre sont froides, mais elle n'a personne qui puisse l'héberger. Hagen sort de la caserne un sac de couchage et un parka.

Une nuit, elle rêve de sa grand-mère, qui est morte entre-

* Organisme d'assistance aux mineurs.

temps. Ensemble, elles traversent la propriété de Stanillien en Prusse-Orientale, les prairies et les champs, visitent les écuries. Mais le rêve se brise. Il fait trop froid dans la voiture.

Quinze jours plus tard, Marianne est arrêtée par la police et ramenée au foyer de Himmelsthür.

Son second accouchement s'opère sans difficultés. C'est de nouveau une fille, Natacha. Cinq jours plus tard, le 18 janvier 1969, le beau-père décède d'un infarctus.

Personne ne pleure Paul Weiss. Après avoir appris sa mort, la mère de Marianne fait une longue marche. Sur quoi, l'affaire sera close, pour elle. Birthe, sa fille, veut assister à un spectacle à l'école, l'après-midi même. Elle demande si c'est grave, d'y aller quand même...

Après l'accouchement, Marianne a la permission de revenir chez elle. Sa mère vient la chercher à l'hôpital, l'appelle de nouveau Jenny, comme avant, quand elle était petite.

En mars, c'est la confirmation de Petra. Les invités à la petite fête se retirent tôt, car la maison est en deuil. Dès qu'elles sont seules, la veuve et ses filles pillent la cave du défunt. De son vivant, il la surveillait anxieusement. Elle était cadenassée.

Ce soir-là, les quatre femmes chassent de la maison les dernières ombres du mort. Marianne, Petra et Birthe mettent des disques qu'elles n'avaient jamais eu le droit d'écouter auparavant. La musique est tellement forte que les enceintes vibrent. Au piano, la mère frappe boogie-woogie sur boogie-woogie. Puis, elle est juge-arbitre d'un concours de strip-tease organisé par les filles.

Marianne me raconte de vieilles anecdotes, sur son beau-père surtout. Il aimait beaucoup le Coca-Cola. Il y avait toujours une bouteille d'un litre pour lui au frigo. Nul n'avait le droit d'y toucher. Marianne se servait quand même et remettait de l'eau pour rétablir le niveau. « S'il avait tout bu tout seul, me dit-elle, son infarctus serait sûrement venu beaucoup plus tôt. Peut-être que j'ai prolongé sa vie. »

Elle regarde longuement une photo de lui. « Tu m'as beaucoup tourmentée, dit-elle, mais je n'ai pas souhaité ta mort. »

Christina a suivi sa mère au domicile familial. Natacha a dû être envoyée aussitôt après sa naissance dans une clinique pour enfants. Elle est venue trop tôt au monde. Les parents de Hagen sont toqués du bébé. Ils voudraient le prendre avec eux. Marianne ne sait quelle décision adopter. Elle envisage de confier l'enfant aux parents de Hagen — en attendant que les choses soient plus claires. Mais ceux-ci veulent tout ou rien.

La mère de Marianne est partisan de leur donner Natacha. Elle dit :

— Tu n'as que dix-huit ans et déjà deux enfants... Que vas-tu en faire ?

Marianne donne son accord. Une décision qui prêtera plus tard à diverses interprétations. Certains glorifieront son esprit de sacrifice, d'autres lui reprocheront d'avoir abandonné sa fille, la traitant de mère indigne.

# CHAPITRE IV

Pour la première fois de sa vie, Marianne Bachmeier peut décider de l'orientation à donner à son existence. Mais comment va-t-elle s'y prendre, après trois ans passés dans un foyer, deux enfants illégitimes, un viol et une tentative de suicide ? Elle renonce à son apprentissage au magasin. Elle préfère se faire engager comme téléphoniste aux Postes et Télécommunications à Hanovre.

Tous les matins, avant d'aller travailler, elle se lave les cheveux et sèche sa longue crinière jusqu'à ce qu'elle retombe en souplesse sur ses épaules. Le plus clair de ce qu'elle gagne, elle le dépense en rouges à lèvres, rimmels et parfums chers. Elle acquiert bientôt l'expérience d'une maquilleuse professionnelle. Elle peint son visage avec passion, comme si elle voulait masquer tous les mauvais souvenirs. Elle attire les regards des hommes. Ils sifflent sur son passage, klaxonnent en la voyant. Aucun ne se doute que cette belle enfant de dix-neuf ans est déjà mère de deux enfants.

Les efforts qu'elle déploie ne sont guère adaptés à son environnement professionnel. Elle ne travaille qu'avec des femmes qui, comme elle, invisibles, pour leurs interlocuteurs, branchent toute la journée des communications téléphoniques.

Elle va découvrir ailleurs le type de vie dans lequel elle va finalement tomber. A la discothèque *Ex,* dans une cave sous le centre commercial de la Georgstrasse, à Hanovre, se retrouvent pour d'interminables nuits tout ce que la ville compte de désœuvrés. *Ex* est l'arène de parasites, de fils à papa, d'escrocs à la petite semaine friands d'argent vite gagné dans des affaires plus ou moins louches. Tard dans la nuit, un ou deux maquereaux du quartier Steintor, le St Pauli de Hanovre, viennent parfois s'y enivrer. Tous sont à la recherche de gibier frais, de ces filles qu'ils nomment selon leur envie et leur humeur petit canard, petit lapin, poulette, souris ou greluche. Le terrain de chasse est excellent et le gibier, qui tape toute la journée sur des machines à écrire électriques, fait des mises en plis ou conseille un client sur le choix d'une cravate, n'est pas spécialement effarouché.

Presque tous les soirs, Marianne est au *Ex.* Parfois, elle reste jusqu'au dernier tram qui la ramène à S. vers minuit, d'autres fois, elle prend le premier du matin, à quatre heures. Le disc-jockey passe spécialement pour elle des airs langoureux comme *Baby, I love you,* ou *Je t'aime.* Elle devient vite une « habituée » et n'a même plus à acquitter les cinq marks d'entrée : les filles comme elle font marcher la maison.

Plus tard, quand elle sera devenue célèbre, quelques-uns des play-boys du *Ex* iront se vanter dans tout Hanovre « d'y avoir goûté, eux aussi ».

Ce qui ne fut certainement pas le cas. Tout au plus ont-ils été goûtés par Marianne. Elle ne supporte plus que des hommes fassent irruption dans sa vie. Elle veut être enfin libre. Et, libre de tout frein moral, elle prend les hommes dont elle a envie et s'éclate avec eux. Quant à ceux qui l'importunent, elle n'hésite pas à leur jeter son verre au visage ou à la tête.

Parmi ceux qu'elle a connus à cette époque, il y a Gerhard Reuter. Il raconte : « Elle devait avoir dix-huit ou dix-neuf ans, j'en avais vingt. On remarquait Marianne tout de suite. Elle avait une dégaine incroyable. On a dansé ensemble. Je n'aurais jamais pensé que j'aurais la cote avec elle. Je n'ai même pas pu lui payer un verre. Mais avec elle, ça s'est passé en souplesse. Dès le premier soir, elle est venue chez moi. Avec elle, il n'y avait pas besoin de faire de grandes déclarations d'amour et tout le cirque habituel.

J'ai trouvé ça un peu incroyable qu'elle ait voulu absolument aller avec moi. Au bar, il y avait toute une flopée de dragueurs professionnels. Ils claquaient en une soirée davantage que ce qu'on gagnait tous les deux en un mois. Ils avaient leur propre bouteille de whisky avec leur nom dessus. Ils en pinçaient dur pour Marianne, mais c'est moi qu'elle voulait.

Je n'avais jamais connu de fille comme elle. Elle faisait tout ce qui lui plaisait. Quand elle voulait s'envoyer un type, elle portait spontanément la main à son pantalon. Suivant ce qui lui passait dans la tête. Avec une incroyable décontraction. »

Marianne n'hésite pas non plus à emmener des hommes, de nuit, dans la maison de sa mère. Un jour, elle vient prendre le petit déjeuner avec un avant-centre de l'équipe de Hanovre, alors que toute la famille est rassemblée autour de la table ; sa mère explose.

Elle n'en parle pas très volontiers. « Sa beauté, c'était son malheur, me dit-elle. J'en suis convaincue. Je lui ai dit que ce n'était pas possible de continuer comme ça. Ses sœurs et son enfant assistaient à ça ! Je l'ai jetée dehors sur-le-champ. Mais je préfère ne pas entrer dans les détails. Je ne veux pas salir mon foyer. »

Une fois de plus, Marianne ne sait où aller. Il ne reste que Hagen Stiller, le père de sa seconde fille Natacha. Elle l'a rejeté depuis longtemps, mais il revient dès qu'elle le siffle, comme un chien obéissant. Marianne a abandonné son travail à la Poste, et Hagen est lui aussi sans job. Le bureau d'aide sociale leur trouve un logement bon marché dans

Hanovre. Ils obtiennent également une aide financière pour leur installation. Marianne en utilise une partie pour acheter une vieille VW à qui son propriétaire n'avait laissé aucune chance de passer avec succès les tests du TUV *. Mais, pour elle, ce sera une simple formalité. Elle embobine les contrôleurs du TUV qui pensent à tout sauf aux ailes rongées par la rouille et aux garnitures de freins inexistantes.

Avec sa voiture, elle parcourt toute la journée la campagne, sans but. Elle fait le tour de ses relations pour trouver l'argent pour l'essence. Elle est véritablement droguée de sa vieille caisse. Qu'elle n'ait pas de permis ne la dérange pas le moins du monde, au contraire, cela donne du piquant à l'aventure.

Une de ses lettres, écrite de la prison, me parle de cette période : « Mes rapports avec Hagen ont été clairs dès le début : pas d'amour, mais une certaine indépendance. Nous jouions ce jeu-là avec dignité, mais aucun de nous deux n'était dupe. Lors de nos disputes, qui n'étaient pas rares, nous ne manquions pas de nous reprocher de nous exploiter mutuellement.

Pourtant, nous avions un point commun : nous étions tous deux d'incorrigibles rêveurs, inventant les méthodes les plus fantaisistes pour nous procurer de l'argent. Lorsque nous nous ennuyions, et c'était souvent, nous finissions toujours par nous poser cette question idiote : Que ferions-nous de l'argent si nous gagnions au loto ? Nous construisions des maisons avec piscine, grandes baies vitrées, nous avions des serviteurs, plusieurs autos. Nous étions tellement sûrs de faire fortune que Hagen, préventivement, arrêta de travailler. Huit cents marks pour un mois de travail, nous trouvions que ça n'avait vraiment aucun sens... »

Ses nuits, Marianne les passe de nouveau au *Ex*. Hagen

---

* Bureau de contrôle technique.

s'occupe de Christina ; il se sent plus proche d'elle que de sa propre fille Natacha qui vit chez ses parents et qu'il ne voit que rarement. Il sent que Marianne lui échappe, mais ne trouve pas d'autre riposte que de la battre, comme l'avait fait autrefois son beau-père. Elle se venge, lui dit que ses caresses la laissent de glace. « La seule chose dont tu es capable, c'est de t'abrutir devant la télé, espèce de cloche ! »

Pendant plusieurs mois, ils ne paient pas le loyer. On les chasse finalement de l'appartement. Provisoirement, ils vivent dans la vieille VW. La nuit, ils stationnent dans la forêt. Marianne dort sur les sièges avant, Hagen à l'arrière, et Christina sur la plage arrière.

Marianne prend une place d'entraîneuse au *Uhu Bar*. Son rôle : mettre les clients d'humeur à boire du champagne. Elle est au pourcentage. Tous les matins, on fait les comptes et on la paie. Elle a déjà appris au *Ex*, sans être rémunérée pour cela, comment s'y prendre avec les hommes. Très vite, elle devient le meilleur élément de la boîte. Lorsqu'elle repart — par la sortie de secours : devant l'entrée principale l'attend généralement un client qui a conçu à son sujet d'illégitimes espoirs — il est rare que ce soit avec moins de trois cents ou quatre cents marks en poche.

Les nuits dans la VW sont terminées. Marianne et Hagen peuvent maintenant s'offrir un logement. Elle me raconte : « L'ennui, c'est que j'étais en permanence saoule, car il fallait que je boive avec les clients. Je dormais toute la journée, et à peine étais-je dégrisée que je devais retourner au travail. »

Marianne aurait préféré que cet épisode ne figure pas dans l'histoire de sa vie.

« Le tout n'a duré que trois semaines. J'ai été chassée par les autres entraîneuses. Elles étaient jalouses de moi parce que je faisais de trop gros chiffres. Ce n'est vraiment pas une histoire qui mérite qu'on s'y attarde. »

Par la sœur de Hagen, Marianne fait la connaissance

du Dr Karl Muth, jeune assistant à l'école supérieure de médecine de Hanovre, qui va jouer un rôle important dans sa vie. Elle l'appelle « Yogi », comme l'ours empoté d'une série américaine de dessins animés. Avec quelques collègues, le Dr Muth a loué une villa et, comme ils ont tous une formation de neurologues ou de neurochirurgiens, l'endroit s'appellera le « Nerven-Ranch ». De temps en temps, quand elle s'est disputée avec Hagen, Marianne se réfugie là-bas. Au Nerven-Ranch, il y a toujours une chambre pour elle.

Le soir, elle se réunit avec Yogi et les autres, les écoutant s'entretenir d'opérations compliquées. Elle s'étonne que l'on puisse scier un crâne et opérer au microscope de minuscules vaisseaux à l'intérieur du cerveau. Ses nouveaux amis lui en imposent. Que sont à côté d'eux ces types qui perdent leur temps au *Ex,* ou même ce nihiliste de Hagen ? En de tels instants, sa propre vie la dégoûte. Elle voudrait repartir à zéro, entreprendre quelque chose qui ait un sens, mais quoi ?

Elle essaie d'en parler à Yogi. Il la console : « Pourquoi t'en fais-tu ? Tu es la plus belle de tout le coin. Prends les choses relaxe, ma chérie. La vie, c'est tralala ! »

Il dit chérie à toutes les filles qu'il connaît bien. Marianne le trouve un peu flippé, le bon Yogi. Mais du moins n'est-ce pas un petit bourgeois, il n'est pas ennuyeux, non plus. Et puis, il s'occupe de jeunes délinquants, est engagé dans la lutte contre la drogue. Cela ne l'empêche pas de fumer du kif et de se payer trip sur trip. Pour sophistiquer davantage son image de marque, il a même un valet, un ex-drogué nommé « Flipper ». Celui-ci le sert fidèlement. En échange, le Dr Muth lui fournit du Polamidon, sorte d'ersatz de drogue interdit en Allemagne fédérale et qui atténue les états de manque.

Yogi a une autre passion. Dingue d'armes à feu, il a tout un arsenal de revolvers et de pistolets. Quand il est bien « parti », il tire dans tous les sens, à l'intérieur de la maison et dans le jardin. Cela ne dérange pas Marianne. Les armes ne lui sont pas étrangères. Autrefois, elle allait sur les stands de tir avec son père, tirait sur les cibles. Cela le divertissait de montrer à sa fille comment on se servait d'un petit calibre.

Yogi apprend aussi à Marianne de quelle manière on tire sur une pipe ; de temps en temps, il l'emmène dans ses voyages au LSD. Cela mis à part, il ne se passe pas grand-chose entre eux. Il n'a couché avec elle qu'une fois, me dit Marianne. Elle s'y était sentie obligée : il avait un si bon haschisch...

En février 1972, Marianne et Christian se rencontrent pour la première fois. Cela se passe lors d'un week-end. Chaque fin de semaine, une clientèle sélectionnée afflue au Nerven-Ranch, où l'on organise souvent des soirées mémorables. Le shit y est des meilleurs, les trips sont OK. Marianne a un rendez-vous. Elle est sur le point de partir quand Yogi lui présente un vieil ami, Christian, de Kiel. Elle pense : « Beuark, qu'est-ce que c'est que ce type ? »

Christian porte les cheveux longs jusqu'à la ceinture, une chemise de soie indienne et des chaînes qu'il vient de ramener d'un voyage au Népal. De son côté, il pense : « Qu'est-ce que c'est que cette poupée pomponnée ? »

Marianne s'est préparée en vue de ses excursions favorites dans sa boîte disco. Elle a sorti son maquillage de combat, ses faux cils, ses talons hauts et une mini-jupe en cuir.

Christian l'aborde :

— Tu as le cul en cuir le plus bandant que j'aie jamais vu !

Marianne répond du tac au tac :

— Mais il n'est pas pour toi, Hippie !

Après son départ, il veut en savoir davantage sur cette fille. Yogi éclate de rire.

— Tu ne te la feras pas ! Tu n'es pas son genre.

Elle ne sort pas de la tête de Christian cette nuit-là.

Il n'aime pourtant pas les filles qui s'accoutrent comme elle. Mais elle a quelque chose qui l'attire.

Il trouve la fête débile, les gens aussi.

— Qu'est-ce que c'est que cette bande de ringards que tu as réunis, Yogi ? Cette soirée est mortelle.

— Viens, calme-toi. Je vais te rouler un joint.

Marianne revient aux aurores. La fête bat encore son plein. Christian la voit disparaître dans sa chambre. Il veut la suivre. Mais elle s'est enfermée à clef. Il va chercher Yogi :

— Je veux entrer chez elle ! lui dit-il.

Yogi frappe à la porte :

— Ouvre, Marianne, j'ai quelque chose à prendre dans mon armoire.

Marianne ouvre. Christian s'allonge sur le lit à côté d'elle.

— Inutile, dit-elle. Quand je ne veux pas, je ne veux pas. Tu comprends, Hippie ?

— Bon, très bien, répond-il. Viens, je te prépare un super petit déjeuner.

Les autres sont couchés. Marianne et Christian se retrouvent seuls dans la cuisine. Elle est ivre ; lui, il plane. Il lui parle du Népal. A son arrivée à l'aéroport, un gamin, les mains tendues en avant, a couru vers lui. Sa chemise était déchirée, sur sa poitrine, il y avait une trace de blessure. L'organisatrice du voyage a chassé le jeune et mis Christian en garde : « Ici, ne donnez rien à personne, sinon vous aurez toute la meute sur le dos. De toute façon, vous n'y pouvez rien. »

Marianne l'écoute. Pour la première fois, leurs mains se touchent. Christian dit :

— Quel contraste brutal. Le soir, on dînait à l'hôtel, et autour de nous la misère...

Quand Marianne retourne se coucher, elle dit :

— Finalement, tu es OK, Hippie !

Christian prend une couverture de laine et s'allonge sur le tapis, dans le salon.

Il ne sait pas combien de temps il a dormi quand on le réveille. Un corps chaud se colle contre le sien. Marianne est venue le rejoindre sous la couverture. Sa fatigue s'est envolée. Même lorsque leurs corps sont épuisés, ils reviennent irrésistiblement l'un vers l'autre. Il fait déjà de nouveau sombre lorsqu'elle demande :

— Ça fait si longtemps que tu ne l'as pas fait ?

— Je ne l'ai jamais fait comme ça de toute ma vie, répond-il.

Le Dr Muth vit aujourd'hui à Lübeck, là où Marianne a été emprisonnée dans l'attente de son procès. Je dis à Marianne que j'ai pris rendez-vous avec lui. « Oui, ce cher Yogi, ironise-t-elle. Il s'est embourgeoisé. Il se saoule et lit des romans de Konsalik. Tout le brillant est parti. »

J'apprends que le Dr Muth a dû enterrer son rêve, devenir un grand neurochirurgien. Il habite un petit pavillon avec un jardin, derrière son cabinet de généraliste.

Il me reçoit dans le salon et me montre aussitôt le tapis. « C'est là, dit-il, qu'Anna a été conçue. » Sur le tapis blanc aux motifs marron est couché un jeune chien, un retriever doré ; il ronge un os.

Le Dr Muth me raconte : « Marianne était une sacrée noceuse, toujours en forme et prête à faire les quatre cents coups. Tout d'un coup, elle apparaissait dans une robe gitane avec des bottes à lacets, une valise à la main. L'instant d'après, elle avait disparu. Dans la cuisine, elle laissait toujours un chaos invraisemblable. Les notes de téléphone, c'était la débâcle.

Nous avions loué une maison à cinq médecins, le Nerven-Ranch. Nous étions de jeunes loups, toujours sous pression. On n'en ratait pas une. Et Marianne était une agréable partenaire.

Je n'aurais pas cru que ça marcherait avec Christian. Au premier coup d'œil, ils n'étaient pas assortis. Lui, c'était plutôt un penseur, très intériorisé. Mais quand ça s'est déclenché, quel raz de marée ! Ils n'ont même pas remarqué qu'on passait dans la chambre. Ils faisaient l'amour sans s'occuper du reste. Quand ils se sont arrêtés, j'étais content pour eux. »

En fin de journée, Christian doit rentrer à Kiel. Marianne le raccompagne jusqu'à sa voiture. Il demande :

— On se revoit quand ?

— Oublie ça, Hippie, répond-elle. Nous deux, ça n'a aucun sens.

Elle doit se forcer pour lui parler de la sorte. C'était tellement fou, entre eux, elle aurait volontiers recommencé. Mais elle a d'autres projets. Elle veut enfin mettre un peu d'ordre dans sa vie, et elle a jeté son dévolu sur un autre homme, un chimiste allemand vivant en Belgique.

Marianne l'a connu à l'hôtel Intercontinental où elle a travaillé quelque temps comme téléphoniste. Le chimiste est toqué d'elle, et il a de l'argent. Il vient souvent en voyage d'affaires à Hanovre et la couvre de cadeaux. Au bout de quelque temps, il l'installe dans un gentil appartement où elle emménage avec Christina.

Le chimiste a quinze ans de plus qu'elle. En Belgique, il a une femme. Il promet qu'il divorcera pour épouser Marianne. Christina lui dit déjà « papa ». Il raconte à Marianne qu'il n'a le droit de faire l'amour avec sa femme que dans l'obscurité. Au lit, il est sans intérêt. Mais peu importe à Marianne. Ce qu'elle cherche, c'est la sécurité, une vie de famille et des enfants. Et puis, elle aime bien cet homme. Il est intelligent et compréhensif. Elle a tellement envie de tirer un trait sur son passé !

La voilà de nouveau enceinte. Lorsqu'elle le lui dit, il disparaît de la circulation. Elle téléphone à sa société. On lui répond qu'il est en voyage d'affaires en Amérique.

Par les renseignements, elle obtient son numéro privé. Il répond en personne au téléphone. Il se montre d'abord très aimable puis, lorsque Marianne lui fait des reproches, il raccroche.

Marianne prend un avocat et attaque le chimiste pour rupture de promesse de mariage.

— C'est lui qui m'a promis le mariage, pas moi ! dit-elle. Il me paiera ça !

Mais elle trouve que ça ne va pas assez vite. Elle prend le train pour Gand avec Christina. Là, elle surprend le chimiste dans son bureau. Il s'en débarrasse en lui donnant rendez-vous pour le déjeuner dans un restaurant.

Dans son sac à main, elle a toutes ses lettres. Il y parle beaucoup d'amour et de mariage. Ce seront les pièces maîtresses du procès qu'elle veut lui intenter. Après le déjeuner, les lettres ont disparu. Marianne ne comprend toujours pas aujourd'hui comment il a réussi à s'en emparer.

Elle est avec lui sur la place du marché de Gand lorsqu'elle s'en aperçoit. Elle se rue sur lui, les poings en avant. Il se réfugie dans son auto. Elle donne un coup de pied dans la carrosserie toute neuve.

Au retour, elle est arrêtée à la frontière. Elle figure sur la liste des gens recherchés. Elle doit encore sept cent soixante-cinq marks au Jugendamt. Elle avait oublié cette dette depuis longtemps. On la conduit à la prison d'Aix-la-Chapelle. Christina est envoyée dans un foyer.

Puis elle est transférée dans différentes prisons pour atterrir finalement, onze jours après, dans celle de Hildesheim, tout près de chez elle. Elle est enceinte de six mois, mais personne n'en tient compte.

Dix ans plus tard, Marianne est de nouveau derrière les barreaux, en garde à vue à Lübeck. Dehors, c'est le printemps. Je lui ai acheté un bouquet de fleurs, des tulipes. Le préposé ne me laisse pas entrer.

— Les fleurs sont interdites. C'est le règlement.

— Mais ce ne sont que quelques tulipes...

Il rit.

— On peut cacher de la drogue dans les fleurs.

Il fait sortir une femme. Ses yeux sont remplis de larmes. Je lui donne le bouquet.

Nous voici une fois encore dans le boxe réservé aux visites. Marianne me dit qu'elle se trouve bien en prison, maintenant. Ce qu'elle a fait, elle devait le faire, pour Anna. Ce qui peut arriver maintenant lui est égal.

« A l'époque, quand ils m'ont arrêtée à la frontière, je l'ai pris beaucoup plus mal. Je n'arrivais pas à comprendre ce qui m'arrivait. Tout ça pour quelques malheureux marks. De désespoir, je me suis donné des coups de poing dans le ventre, j'ai maudit cette damnée grossesse qui m'avait mise dans ce pétrin. Aujourd'hui, je me dis souvent que j'étais en prison avec Anna. Déjà...

Car elle est toujours près de moi. Je le sens. Je refais toujours le même rêve. Soudain, Anna est là. Elle court vers moi, elle me regarde en riant. Je me précipite sur elle, je la secoue, je fais mine de la corriger, je lui crie : je t'avais pourtant dit de ne pas aller avec des inconnus ! Et puis, à chaque fois, je me réveille... »

En octobre 1972, à Hildesheim, Marianne est condamnée à trois mois de prison avec sursis. Elle pourra payer sa dette au Jugendamt par mensualités de vingt marks. Le 14 novembre naît sa troisième fille, Ilona, qu'elle appellera plus tard Anna.

Le chimiste belge n'est pas le père. Des analyses médicales l'ont démontré incontestablement. Sur l'acte de naissance de l'enfant est portée la mention : née de père inconnu. Il ne reste plus à Marianne que Hagen. Il la reprend aussitôt, et avec elle, Christina et le bébé.

Celui-ci a déjà six mois lorsque Marianne rend visite à son vieil ami Yogi. Il regarde longuement l'enfant et dit finalement :

— Il ressemble à Christian. Tu n'y as jamais pensé ?

Elle croit qu'il veut la faire marcher.

— Un enfant de ce traîne-patins du Népal !

Yogi saisit un calendrier et calcule le laps de temps qui

s'est écoulé exactement entre la fête et la naissance de l'enfant. Il appelle Christian à Kiel et lui dit :

— Mon vieux, tu as une fille.

Christian n'a pas oublié Marianne. Jamais encore une femme ne lui avait donné à ce point le sentiment qu'elle le désirait. Et jamais il n'avait éprouvé autant de désir que cette fois-là. Lorsqu'il était revenu à Kiel, à l'époque, il s'était séparé de son amie Nora avec qui il vivait depuis longtemps. A côté de Marianne, elle lui paraissait ennuyeuse et fade.

Christian part aussitôt pour Hanovre. Tu as un enfant de cette fille, se dit-il. C'est complètement fou. Ils se retrouvent chez Yogi, au Nerven-Ranch où tout a commencé. Le soir, alors que Marianne est repartie, Christian dit à Yogi :

— Je trouve ce gosse super. Je suis vraiment mordu. J'ai vraiment envie de fonder une famille. Prendre soin de quelqu'un, avoir des responsabilités.

Christian vient souvent à Hanovre. Ils ne peuvent se voir qu'en secret. Marianne a peur de Hagen. Christian a coupé ses longs cheveux parce que Marianne le préfère ainsi. Et Marianne s'habille plus sobrement, parce que Christian trouve ça mieux.

Yogi a fait une prise de sang à Marianne, à Christian et au bébé. L'école de médecine se charge des analyses. Les tests démontrent que Christian est le père d'Ilona. Mais elle ne s'appelle déjà plus Ilona. Dès leurs retrouvailles, Chrition a dit à Marianne :

— Franchement, Ilona, pour notre fille, ça ne peut pas coller ! Comment as-tu pu imaginer un nom aussi débile ? J'aime bien Anna. Appelons-la Anna.

Marianne est d'accord. Elle est d'accord aussi lorsque Christian loue une ferme à proximité de Kiel. Il veut aller vivre à la campagne avec elle et les deux enfants. De son côté, elle a envie de sortir du fatras de ces dernières années.

Mais il y a Hagen. Il ne veut pas la laisser partir. Pendant qu'il est à son travail, Christian vient avec un camion.

Ils vident discrètement l'appartement. Le soir, ils roulent sur l'autoroute en direction de Kiel.

Christian se souvient : « C'était merveilleux, cette virée en camion en pleine nuit. Entre Marianne et moi, il y avait les enfants qui dormaient, si paisibles. Je me faisais l'effet de quelqu'un qui vient de kidnapper sa fiancée. De joie, j'aurais volontiers fait des zigzags au volant. »

## CHAPITRE V

Au fil du temps, Marianne s'est habituée à dormir tard. Le lit est pour elle une caverne protectrice. Là, il ne peut rien lui arriver. Elle voyage d'un rêve à un autre, elle a peur de se lever. Elle est arrivée à la ferme avec Christian bien après minuit. Et ce matin-là, elle se réveille tôt. Elle entend le bruit d'un tracteur, les bidons à lait qui s'entrechoquent, le hennissement d'un cheval.

Elle n'a plus envie de faire la grasse matinée. Sa curiosité est trop grande. Où Christian l'a-t-il emmenée ? Il dort encore, ainsi que Christina. Seule, Anna est réveillée ; elle est allongée dans son lit géant, les yeux grands ouverts, elle balbutie quelques sons incohérents, ses petites mains jouent avec un animal en peluche. Marianne prend l'enfant dans ses bras et sort.

Le ciel d'automne, d'un bleu sans nuages, la surprend. Elle a l'impression de n'avoir jamais vu autant de ciel. Elle marche pieds nus dans l'herbe mouillée, lie connaissance avec ce paysage de collines du Holstein oriental. Les chênes étirent leurs branches vers le ciel. Depuis des siècles, ils sont là, courbés et effeuillés par les tempêtes qui balaient la campagne. Du sommet de l'une des nombreuses collines, elle voit scintiller au loin le lac Plön. En été, on pourra s'y baigner, et y patiner en hiver. Elle observe longuement de son promontoire la maison que Christian a dénichée pour eux, une vieille ferme aux murs rouges. Les colombages sont peints en vert. En été, lui a-t-il raconté, le doux ressac des champs de céréales et de colza ondulant sous le vent vient lui lécher les pieds. Cette demeure lui est encore étrangère, mais elle lui plaît. Elle se souvient de sa grand-mère, des histoires de son enfance, en Prusse-Orientale, de la propriété de Stanillien. Ce devait être aussi beau. Soudain, elle est de nouveau remplie d'espoir et d'amour pour Christian qui l'a entraînée dans cet endroit.

Dans le jardin, devant la maison, elle découvre un noyer. Elle ramasse les noix tombées dans l'herbe et s'amuse à les casser. Christian vient à sa rencontre. Elle dit :

— Je n'arrive pas à y croire. Hier encore dans ce quartier de béton, et maintenant des noix dans notre propre jardin. Regarde s'il y en a !

Il la prend dans ses bras et lui récite un poème. De Bert Brecht, dit-il. Bert Brecht, Marianne s'en fiche. Mais Christian monte dans son estime. Elle n'a jamais encore entendu un poème de la bouche d'un homme. Ça lui plaît.

En novembre, ils fêtent à la ferme le premier anniversaire d'Anna. C'est vers cette époque qu'Anna a dû dire « papa » pour la première fois. La famille s'est agrandie. Christian a acheté un jeune chien berger, Aaron, et une chatte, Mischka, à la fourrure tigrée, avec une tache blanche sur la poitrine et des pattes blanches.

D'autres surprises attendent Marianne. Son rêveur de Hippie possède à Kiel, à une demi-heure en voiture, une taverne, *Karl der Dikke,* rendez-vous des lycéens et des étudiants de la ville. L'argent afflue à la maison, chaque soir il fait trois à quatre mille marks de chiffre d'affaires. Pour Marianne, c'est une expérience fascinante. Après une existence miséreuse, elle trouve des billets de banque entassés dans une cafetière ou dans un bocal ; parfois, le signet d'un livre est un billet de cent marks. Et quand il n'y a plus d'argent, Christian se rend à Kiel et pioche dans son trésor emmuré dans la cave du local.

Lors de la première et brève rencontre à Hanovre, lorsque Anna avait été conçue, seuls leurs corps s'étaient compris. Maintenant, ils apprennent à se connaître. Christian est fasciné par le passé de Marianne, il veut tout savoir de son enfance. Elle doit lui conter en détail les scènes pénibles de son passé. Pour lui, qui a grandi dans un tout autre contexte, ce monde a quelque chose de captivant.

Christian est né en 1942, huit ans avant Marianne. Ses parents étaient acteurs. Sa mère était issue d'une riche famille patricienne de Brême propriétaire à Worpswede du domaine de Barkenhoff que Heinrich Vogeler, génie de la Belle Epoque, avait fait construire pour son usage personnel. Rainer Maria Rilke, qui y avait été souvent invité, parle en ces termes du célèbre domaine : « Un rêve, un conte de fées. Je suis assis dans une maison à pignons toute blanche perdue au milieu de jardins, entouré de belles et nobles choses... »

C'est là que grandit Christian, enfant unique, très surveillé, un peu choyé. Sa mère l'aime plus que tout au monde. Elle récite devant le jeune homme ses rôles préférés, presque toujours Shakespeare.

A Barkenhoff passent des gens intéressants — acteurs, peintres, écrivains, musiciens. L'enfant baigne dans le monde des adultes. Plus tard, Christian est envoyé dans un lycée réputé pour l'élite, à Brême.

Son père est souvent en tournée. Mais sa mère est toujours là pour Christian. Leur tendresse est teintée d'érotisme. Une jeune amie de Christian se souvient encore aujourd'hui du jour où la mère du jeune homme l'avait conduite jusqu'à la salle de bains où il était assis nu dans la baignoire.

— N'a-t-il pas un corps merveilleux ? avait-elle demandé. Regarde-le bien.

Il n'était à l'époque qu'un adolescent, raconte son amie, et avait rougi jusqu'aux oreilles.

Après son bac, Christian s'inscrit en lettres, théâtre et philosophie dans les universités de Cologne et de Kiel. Il change d'avis et s'inscrit en droit à Kiel (« Je voulais faire quelque chose de concret »). Mais les études l'ennuient. En 1967, il ouvre son cabaret qui lui offre rapidement une vie facile et sans soucis. Il peut donner libre cours à ses penchants.

Marianne a des remords. Elle trouve peu fair-play la façon dont elle a laissé choir Hagen. Après tout, il ne s'est jamais dérobé quand elle avait besoin de lui. Elle retourne à Hanovre pour faire la paix avec lui. Mais à peine est-elle montée dans sa voiture qu'il fonce hors de la ville, dans un champ désert. Là, il la prend avec violence, puis la jette dehors, en pleine nuit, en lui criant :

— Un jour, je te tuerai.

Humiliée, elle retourne vers Christian et les enfants. Elle a besoin de consolation, mais Christian veut seulement savoir si elle a éprouvé du plaisir quand Hagen s'est jeté sur elle dans la voiture. Elle doit lui raconter tout en détail.

Marianne a une telle peur de Hagen qu'elle demande une arme à Christian. Il lui trouve un pistolet datant de la Seconde Guerre mondiale.

Plus ils passent de temps ensemble, et plus ils deviennent des étrangers l'un pour l'autre. Christian est souvent pensif et dépressif. Il semble offensé quand Marianne rit, quand elle est gaie. Il lui conte des souvenirs de son enfance qui l'impressionnent : tout jeune, il a enterré des oiseaux morts dans le jardin, puis les a déterrés pour découvrir ce que la mort fait d'un être vivant. Une nuit, dans sa chambre obscure, il s'est réveillé. Dans la pièce à côté, il entendait ses parents.

— Soudain, j'ai compris qu'un jour, ils ne seraient plus là. Et j'ai pleuré.

Marianne ne le comprend pas. Ses problèmes n'ont

jamais été abstraits. Il y avait son beau-père, le foyer, les hommes contre lesquels elle devait se défendre. Elle essaie quand même d'aider Christian à sa manière. Elle dit :

— Cesse donc de réfléchir. Nous avons tout ce qu'il nous faut. Laisse-toi vivre. J'ai envie de vivre !

Il trouve ça beaucoup trop simpliste. Furieux, il dit :

— Tu ne comprends rien. On ne peut être heureux que lorsqu'on est malheureux.

Des jours durant, Christian vit replié sur lui-même. Il s'enferme dans ses livres, lit des poèmes, de Benne et de Brecht surtout, écoute du free-jazz sur sa luxueuse chaîne stéréo. Ces syncopes discordantes sont une souffrance pour Marianne. Elle préférerait écouter Joan Baez. De nouveau, elle n'arrive plus à supporter Christian.

Il essaie de faire de Marianne sa chose. Elle aussi doit aimer Brecht et Benne et le free-jazz. Elle doit rire et pleurer avec lui, surtout pleurer. Il faut qu'elle partage tous ses sentiments. Mais elle ne se laisse pas dresser. Elle sort ses griffes. Avec un instinct très sûr, elle a découvert ses points faibles. Psychiquement, ils se détruisent mutuellement.

Il est rare qu'un jour se passe sans disputes ni affrontements. Le plus souvent, les prétextes sont futiles. Un film de Fassbinder passe à la télévision. Christian dit :

— Complètement kitsch !

— Fantastique ! s'écrie Marianne. J'adore !

— Tu n'y connais rien. Qui de nous deux a étudié l'art dramatique ?

— Arrête tes âneries ! dit Marianne.

Il lui offre un disque de Stevie Wonder : *I don't know why I love you.* Marianne n'en veut pas.

— Si tu ne sais pas pourquoi tu m'aimes, s'écrie-t-elle, tu peux partir tout de suite.

Dans la maison, il y a un piano. Parfois, Marianne fait des exercices, comme autrefois avec sa mère. Christian entre dans la pièce et dit :

— Comment peut-on massacrer Chopin comme ça ?

Elle claque le couvercle et lui répond :

— Quand j'entends ta voix, elle me porte sur les nerfs.

Il a découvert un poème de Hugo von Hofmannsthal qui le touche profondément. Il le lit à Marianne : « Je sens encore son haleine sur mes joues. Comment est-il possible que ces jours si proches soient pour toujours envolés ? »

— Qu'est-ce que tu veux que je fasse de ta poésie à quatre sous ? répond-elle.

Au moins une fois par mois, elle fait ses valises, prend les enfants avec elle et disparaît. Elle sait bien que Christian viendra la chercher. Il le fait à chaque fois. Il est vite disposé à se réconcilier. Marianne est beaucoup plus rancunière.

Parfois, il essaie de la battre, lui fait une prise maladroite au bras, la jette à terre. Marianne a vécu la violence tout autrement, par le passé. Elle se moque de Christian :

— C'est tout ce que tu sais faire ? Fils de petit bourgeois !

Au milieu de ses livres, elle a découvert Henry Miller. Elle le lit volontiers. Dans *Tropique du Capricorne,* elle découvre un passage qui lui rappelle Christian : « Enfant, déjà, alors que je ne manquais de rien, je voulais mourir. Je voulais abandonner parce que combattre me semblait vain. Je sentais qu'il n'y avait rien à prouver, rien à réaliser, à gagner ou à perdre dans cette existence que je n'avais pas demandé à vivre. »

Marianne dit à Christian :

— Voilà, c'est toi tout craché.

Le jour de la mort d'Henry Miller, Christian va vers elle, deux verres de champagne à la main.

— Trinquons, dit-il. Ton mari est mort.

Elle lui jette le verre à la figure.

Tous deux vivent dans leur maison à la campagne comme à l'intérieur d'un blockhaus. Ils ont peu de contacts avec l'extérieur. Ils sont totalement repliés sur eux-mêmes, ne souhaitent pas de visites, ils sont trop jaloux, ils ne supportent que leurs présences respectives. Ce paysage qu'ils ont tellement admiré au début, ils n'y font même plus attention. Ils ne voient pas passer les saisons. Ils planent toute la journée, ou plutôt toute la nuit — les journées, ils les passent à dormir.

Ils font des plans. Les plans tombent à l'eau. Christian « pense beaucoup et n'agit guère », comme le dit Hölderlin, qu'il lit peu, car c'est trop fatigant.

Il veut cultiver ses légumes lui-même selon des méthodes bio-dynamiques. Il se procure des ouvrages spécialisés qu'il ne lit pas. La mauvaise herbe continue à envahir le jardin. Rien ne fleurit dans ses mains.

Ils font construire une cheminée dans le salon. Le feu n'y brûlera jamais. Il faudrait d'abord aller chercher du bois.

Christian a un voilier à Kiel. Il rêve de croisières lointaines en mer Baltique. Ils feront juste une ou deux sorties dans les fjords.

Le Nouvel An à Paris, ce serait fantastique. Comme toujours, ils partent beaucoup trop tard. Ils arrivent un peu avant minuit, totalement démoralisés. Christian va dans une cave de jazz. Marianne passe la nuit dans la voiture. Le lendemain matin, ils rentrent.

Ils n'arrivent à se rapprocher qu'au lit. Là, il l'appelle « ma sorcière bien-aimée », elle le nomme son « diable noir ». Après leurs rencontres extatiques, ils restent allongés, incapables de s'endormir. Chacun aimerait demander à l'autre pourquoi on se sent si seul. Mais ils n'osent pas.

Aujourd'hui encore, ils n'arrivent pas à expliquer comment ils ont tenu le coup aussi longtemps. Lorsque j'aborde le sujet avec Marianne, sa bouche se tord, elle parle fort, d'une voix hachée qui trahit son énervement. Elle n'a pas encore digéré ce qu'elle a vécu avec Christian. « Toutes ces années, me dit-elle, ça a été le trip de l'horreur. Seul le sexe nous maintenait réunis, le désir qui nous poussait l'un vers l'autre. Christian était comme une bête. Il faisait avec moi des choses que je ne connaissais pas, dont je n'avais jamais rien soupçonné. Tous les jours, on se disputait, et on se réconciliait au lit. »

La version de Christian est encore plus déprimée. « Tout ce temps passé avec Marianne, c'étaient des années perdues, sept ans sans consistance. Je me suis totalement renié. Je n'ai pas avancé. Nous ne nous sommes jamais vraiment rencontrés. Du temps perdu... »

Anna est trop petite pour remarquer ce qui se passe entre ses parents. La première victime, c'est Christina, la fille que Marianne a eue à seize ans. Et ce que Marianne a souffert petite fille, c'est maintenant Christina qui l'endure.

Christina n'a pas de chance. Sa mère n'a d'yeux que pour Anna. Elle est petite, gentille, mignonne. Christina, elle, ne se contente pas d'un calin de temps à autre. Il faudrait que sa mère s'occupe d'elle davantage. Dès son plus jeune âge, elle a été marquée par la vie décousue de sa mère. A sept ans, elle s'oublie de nouveau au lit et bégaie.

Marianne me raconte : « Christina avait des résultats de plus en plus désastreux à l'école. Pourtant, elle est intelligente. Nous étions des gens de la nuit. Je n'avais pas envie de me lever le matin à sept heures. Elle arrivait souvent en retard à l'école.

Les devoirs du soir, c'était une vraie calamité. Je disais à Christina qu'il ne fallait pas écrire « Ane » avec deux « n ». Elle me répondait que sa maîtresse l'avait écrit ainsi au tableau. Alors, je me fâchais : Ecris tout de suite Ane avec deux « n », ou je jette ton cahier par la fenêtre. Christian est intervenu : ce n'est pas possible, m'a-t-il dit, la manière dont tu t'y prends avec cette enfant ! Mais il se gardait bien de s'en occuper, il était plongé dans ses bouquins. »

Souvent, Christina rend visite à la grand-mère, à S. Dans les environs habite un jeune couple. Lui est médecin, elle, institutrice. Ils ne peuvent pas avoir d'enfant. Tous deux aiment bien Christina et veulent l'adopter. Marianne finit par la leur donner. Christian, par ailleurs si sensible, ne s'y oppose pas. Aujourd'hui encore, alors qu'ils n'ont plus d'enfant, tous deux justifient leur décision : « C'était certainement la meilleure solution pour Christina. »

Est-ce bien certain ? Birthe, la demi-sœur de Marianne, m'a raconté l'histoire suivante : « Un jour, Anna était venue à S. avec nous. Christina vivait déjà chez ses parents adoptifs. Elle se doutait bien qu'Anna était avec nous, et elle est venue aussitôt. Elle voulait voir sa sœur. Ma mère lui a dit : *Quelle idée, Anna n'est pas là* ! Il lui fallait mentir, car les deux sœurs ne devaient plus avoir de contacts. Christina ne s'est pas laissé impressionner : *Je sais bien qu'Anna est ici ! Je l'entends là derrière !* Ma mère a répété : *Non, elle n'est pas là ; et maintenant, va-t'en.* Toute triste, Christina a descendu les escaliers, clopin-clopant. Peu de temps après, elle est partie à l'étranger avec ses nouveaux parents. »

Anna grandit toute seule. Très tôt, elle a compris qu'il ne faut pas qu'elle dérange ses parents le matin. En pyjama, elle court à la cuisine et se fait un Müsli pour le petit déjeuner. Aaron et Mischka lui tiennent compagnie. Ils savent qu'il y aura des restes pour eux. Pendant des heures, Anna joue au cirque avec les animaux. Aaron se laisse faire sans grogner quand elle le déguise avec des vêtements d'enfant. Quand ce jeu l'ennuie, elle va faire un tour dans la cour de la ferme voisine, arrache de l'herbe pour Herold, le cheval bai qui broute dans l'enclos, ou elle se suspend aux basques de Gerda, la servante, qui sait de si belles histoires. Anna est une enfant robuste et d'un naturel gai — juste un peu solitaire.

Marianne et Christian s'entretiennent entre eux dans un langage direct, souvent obscène. Ils ne veulent pas être de petits-bourgeois. Anna comprend vite et fait sien une partie du vocabulaire de ses parents. Cela ne les dérange pas. L'enfant doit se développer librement. Et il arrive qu'une voix d'enfant réponde au téléphone : « Papa et maman sont en train de baiser. »

Pendant l'été 1981, pour la première fois, j'ai rendu visite à Christian. Auparavant, j'étais allé voir Marianne en prison. « Tout ça est très subjectif, m'avait-elle dit ; c'est ce que je ressens. Va donc voir Christian. Je voudrais être honnête. C'est le père d'Anna. »

Il est midi. Je le rencontre dans la cuisine pour le petit déjeuner. Christian est très soucieux de sa santé. Le pain complet est biologique, il vient d'un magasin diététique. Il recouvre son pain de gousses d'ail et boit du thé noir non sucré. Il porte un T-shirt bleu clair et des pantalons de velours rouge foncé. Les couleurs ne brillent pas. On dirait qu'il est en deuil. Quelque chose de triste et de mélancolique émane de lui. Sont-ce ses cheveux noirs, son début de barbe ou ses yeux marron ?

Aux pieds de Christian est assis Franzl, un fox-terrier bâtard brun. Son oreille droite pointe en l'air comme une antenne. La gauche pend mollement. Christian l'a pris à la SPA à la mort de Aaron. Le chien a dû en voir de dures par le passé. Il ne lâche pas son maître d'une semelle. Depuis qu'Anna et Marianne ne sont plus là, tous deux vivent seuls dans l'habitation derrière le cabaret que Christian a ouvert entre-temps à Lübeck. Cette affaire est elle aussi une mine d'or, comme *Karl der Dikke* à Kiel.

Christian me dit à quel point il est écœuré que Marianne commercialise ainsi son destin. « Je pensais que son acte était une preuve d'amour pour Anna. Et maintenant tout ce ramdam... »

Il me traite de fouineur. Je m'attends à ce qu'il me jette dehors. Mais il n'en fait rien. Il me parle d'un film qu'il vient de voir. Une femme demande à un homme : « Est-ce que l'amour fait mal ? — Oui, répond l'homme, l'amour fait mal. Il tourne au-dessus de nos têtes comme un oiseau de nuit. » Cette scène l'a touché. Il me dit :

— Une telle scène aurait laissé Marianne insensible. Nous nous serions sûrement disputés au cinéma.

Je reste quatre ou cinq heures. Nous avons continué à nous rencontrer par la suite. A chaque fois, il me répète qu'il trouve ce que je fais dégueulasse. Puis il parle d'Anna, de Marianne et de lui — des nuits durant.

A côté de la cuisine, il y a la chambre d'enfant. A la fenêtre, suspendues à un cintre, une veste en tricot aux couleurs gaies. Au-dessous, une poussette pleine de jouets. Sur le sol, un cartable recouvert d'autocollants multicolores. Les cahiers d'école sont encore à l'intérieur. Un tiroir de commode est à moitié tiré. J'aperçois du linge d'enfant. Sur le mur, avec des crayons de couleur, Anna a peint un arbre. Sur les branches, elle a collé de vraies feuilles. Celles-ci sont fanées, elles tombent en morceaux.

Je dis :

— On a l'impression qu'elle va entrer d'un moment à l'autre. Tu peux vivre ainsi ?

— Aussitôt après la mort d'Anna, me répond-il, nous avons vidé la pièce. Mais j'ai eu l'impression d'une trahison. J'ai tout remis en place.

C'est toujours à cette heure-ci qu'elle rentrait de l'école, m'explique-t-il. Il lui demandait comment ça s'était passé. Elle jetait son cartable dans un coin et donnait toujours la même réponse : Bien.

Il prend dans sa main un carton d'œufs traversé de fils noirs. C'était un cadeau qu'Anna préparait pour la fête des mères. Elle ne l'a pas terminé.

Christian dit : « Marianne a trouvé la force de réagir. Je l'envie. Moi, je continue à survivre. Je tiens mon bistrot, à cent cinquante mètres à peine de l'endroit où ça s'est passé. »

Il y a une fillette devant la porte. Elle apporte des os pour Franzl. Elle voudrait emmener le chien promener. Le chien ne veut pas.

« C'était la meilleure amie d'Anna, explique Christian.

Parfois, je me demande pourquoi ce n'est pas elle qu'il a tuée. Pourquoi justement Anna. Et puis, j'ai honte d'avoir une telle pensée. »

Christian a fait ouvrir une fenêtre dans le toit au-dessus de son lit. Pendant des journées et des nuits entières, il reste couché là, regardant le ciel, se demandant s'il doit continuer à vivre ou mourir.

## CHAPITRE VI

Tous les vendredis, je vais voir Marianne Bachmeier en prison. Ces douloureux vendredis. Mon fils m'ouvre la grille du jardin. Il est le gardien du parking, et moi son client. Un vieux jeu entre nous. Mon fils a sept ans. Comme Anna quand elle est morte.

Circulation bloquée à Lübeck. Le pont-levis sur le canal de la Trave est relevé. Un bateau passe. Je me réjouis de cette diversion.

Je pense à mon fils. Depuis que je travaille à ce récit, je pense souvent à lui. Parfois, lorsque je suis à mon bureau et que, soudain, je n'entends plus sa voix dans le jardin, j'ai peur. Je cours à sa recherche. La nuit, quand il vient nous voir dans le lit, j'aime bien le prendre à mes côtés. C'est ainsi depuis que je sais tout d'Anna, de Marianne et de Christian.

La préposée me fait entrer et me conduit jusqu'au parloir. Mme F. n'est pas du genre à chicaner. Elle fait ce métier depuis vingt-cinq ans. Elle a souvent surveillé mes conversations avec Marianne. Ça crée des liens. Nous parlons du temps et de ses petits-fils.

Je veux aborder avec Marianne le chapitre de son journal, savoir ce que l'on peut en publier. Elle n'a pas l'esprit à ça. Le juge d'instruction vient de lui refuser l'autorisation de se rendre, le 5 mai, jour de l'anniversaire d'Anna, sur sa tombe. Elle me montre l'arrêt : « ... ne peut être accordée que dans le cas où des circonstances importantes et ne souffrant aucun retard, d'ordre personnel, commercial ou juridique, rendent indispensable la présence de l'intéressé en un endroit situé hors de l'institution. »

Le juge a décidé que ce n'était pas le cas de Marianne. En outre, sa visite au cimetière ne pourrait que « provoquer d'inutiles turbulences et nuire ainsi à la suite de l'enquête ».

Mme F., qui nous surveille, se mêle à la conversation. Elle dit que, depuis qu'elle est là, elle n'a pas encore vu un juge dans la prison.

— C'est bien triste, ils ne savent pas où ils envoient les gens.

Marianne se rebelle :

— D'une manière ou d'une autre, le 5 mai, je serai sur la tombe d'Anna. On parie ?

— Allons, sois raisonnable, arrête tes bêtises !

— Vous me débectez tous. Toi, les hommes de loi, Christian et les autres. Chacun soutire de moi ce qui l'arrange.

Je me tais. Je me dis qu'elle va réintégrer sa cellule dès que j'aurai quitté cette triste taule...

Elle s'emballe de plus en plus, tord de nouveau la bouche, parle fort :

— Cette justice de merde n'a pas digéré que je lui aie enlevé sa proie sur le banc des accusés.

Le temps passe. Chaque fois, nous disposons d'une heure. Cette cellule m'énerve, la surveillante m'énerve, Marianne m'énerve. Il faut qu'on parle du journal, j'ai besoin qu'elle prenne une décision. Je demande :

— Quelle sorte de mère étais-tu ? Anna n'apparaît qu'une fois dans ton journal. Il n'y en a que pour Christian et toi.

— Je considérais Anna comme un être humain, non

comme ma propriété, dit-elle. Je ne voulais pas qu'elle soit dépendante de moi, et je ne voulais pas dépendre d'elle. Pour moi, les enfants venaient toujours sans être souhaités, il fallait qu'ils se débrouillent. A eux de s'adapter à ce que j'étais. Je ne pouvais pas modifier totalement ma vie pour eux. C'était exclu.

Je lui dis que Christian culpabilise. Il se reproche d'avoir fait trop peu pour Anna.

Marianne dit :

— Ça n'a aucun sens de se reprocher quoi que ce soit, aujourd'hui ; j'ai raté ci, j'ai raté ça ! Je ne pense pas à ça. Je revois les bons moments. J'aurais préféré cent fois avoir l'enfance d'Anna que la mienne. Pour une petite fille de sept ans, elle avait tout lieu d'être satisfaite de ce qu'elle avait vécu. Elle est allée x fois à Ibiza. Moi, il a fallu que j'attende d'avoir vingt ans.

— Christian et toi, dans vos éternels va-et-vient, vous n'avez pas un peu oublié qu'Anna existait ?

— Oui, bien sûr, notre liaison nous bouffait toute notre énergie.

— Tu te fais des reproches, parfois ?

— Arrête un peu. Tu veux me mettre complètement à nu ?

Ses yeux sont fatigués. Ils ont trop longtemps regardé la même chose. Elle dit :

— Je me suis donnée à fond pour Anna. Qu'aurais-tu fait si elle avait été ton enfant ?

Je réponds que je n'en sais rien et que je n'arrête pas de penser à tout ça.

Elle n'écoute pas, remue le couteau dans la plaie :

— Comment a-t-elle pu se laisser piéger ? Qu'a-t-il pu lui dire, lui raconter comme mensonges pour qu'elle l'ait suivi chez lui ? Qu'est-ce qu'il a fait avec elle ? Comment a-t-elle vécu ses dernières heures, ses dernières minutes ?

« Tu vois, ça me rend folle, le fait que je ne saurai jamais. Parfois, je voudrais mourir pour être près d'elle, pour qu'elle puisse me raconter. Crois-moi, j'irais volontiers en enfer le chercher. J'emmènerais Anna, pour qu'elle puisse le punir elle-même, à sa guise.

« Anna m'a appelée, quand il l'a attaquée. Je le sais. Je le sens. Je l'ai toujours secourue. Quand les enfants dans la rue voulaient lui taper dessus, je leur volais dans les plumes, comme une furie. Il fallait qu'ils sachent que personne ne ferait impunément du mal à Anna.

« L'hiver dernier, elle était allée patiner. Je devais aller la chercher. Je suis arrivée trop tard. Elle attendait dans la rue, complètement transie, les lèvres bleues. Je l'ai aussitôt fait monter avec moi dans l'auto et j'ai frotté ses mains et ses pieds pour les réchauffer. Elle tremblait. *Maman,* m'a-t-elle dit, *la prochaine fois, il faudra que tu sois à l'heure ! J'ai vraiment gelé !*

« C'est tout. Pas de reproches. Juste une demande. Anna était comme ça.

Mme F. nous fait remarquer que le temps est écoulé. Je demande :

— Qu'est-ce qu'on fait, pour le journal ?

— Fais-en ce que tu veux.

Mme F. emmène Marianne. Puis elle m'entraîne hors de la cellule des visites. Elle dit :

— Cinq minutes après qu'elle l'a tué, tout le monde était au courant, ici. Du tribunal, on avait fait passer la nouvelle : vous avez une cellule libre ! Nous étions tous contents que ça se soit terminé comme ça. Personne ne veut avoir affaire à un type comme ça.

La gardienne a bonne opinion de Marianne. Elle me demande :

— Vous ne pourriez pas vous arranger pour que Mme Bachmeier fume moins ? Comment peut-on fumer autant ? Il faut qu'elle pense à sa santé.

*
**

Extrait du journal de Marianne Bachmeier :

Mercredi 8-2-78

Je vais commencer à écrire mon journal. Ça fait longtemps que j'y pense. Je ne suis pas sûre d'y arriver... Je veux écrire tous mes états d'âme, sans m'occuper de ce que les autres pensent... Qu'est-ce que je fais avec Christian ? Je ne voudrais pas le perdre, mais si je m'agglutine à lui, je ne ferai jamais rien par moi-même. Je suis trop dépendante. Il faut que je m'en détache un peu, que je fasse davantage attention à ce que je dis. Je vais apprendre à mieux le connaître, de plus loin. Je crois qu'il en vaut la peine. Je suis si heureuse de l'avoir.

Vendredi 17-2-78

... je suis furieuse contre moi. Je me suis toujours crue futée, et je me fais complètement avoir. Tout le monde croit que je dis toujours ce que je pense. Et je n'ai même pas la possibilité de donner mon avis. Christian joue les gentils garçons. Comme si j'avais besoin qu'on m'embrasse en ce moment ! Il ne se rend vraiment pas compte à quel point il m'oppresse. Par sa passivité. Il ne m'aide pas à devenir indépendante. Des grands discours, c'est tout ce qu'il sait faire !

Il me met des bâtons dans les roues. Je ne veux pas croire que c'est un calcul de sa part, sinon, je le détesterais !... J'ai envie de me taper dessus quand je m'aperçois que je suis aussi passive avec lui. Ne jamais rien entreprendre par moi-même ! Pourtant, j'en ai l'étoffe. Mais je tombe toujours sur des mauvais numéros. Je finis toujours par tomber sous leur coupe. C'est de ma faute. Seulement de ma faute !

C'est décidé. A partir d'aujourd'hui, fini le mensonge.

Je tire un trait sur toutes les hypocrisies. Quelle merde ! Ne rien pouvoir construire ensemble, et le soir, on se caresse, on se chuchote des mots tendres à l'oreille. Comme un couple pendant sa lune de miel.

Je crois que je suis assez forte, maintenant, pour repartir d'un nouveau pied.

Vendredi 14-7-78

En relisant ces pages, aujourd'hui, j'ai du mal à me souvenir de ce que j'ai vécu. Sans doute parce que, entretemps, j'ai connu de beaucoup plus gros problèmes, avec Christian surtout. A l'époque, il était assez proche de moi ; aujourd'hui, j'ai parfois l'impression d'avoir un étranger à mes côtés. Ce n'est pas qu'il me soit étranger, non, je crois que c'est moi qui lui suis étrangère. Souvent, il est tellement absent que j'ai l'impression d'avoir affaire à un mort. Nous vivons ensemble comme si nous étions des morts vivants. Peut-être est-ce tout simplement terminé entre nous, et nous ne voulons pas l'accepter...

Cette possibilité me fait peur, mais il doit bien y avoir une part de vérité. Aujourd'hui, comme j'ai mes règles, je lui ai demandé de me remplacer à la boîte. Il a ronchonné que ça ne l'arrangeait pas. J'ai décidé d'aller travailler quand même. Mais comme j'aurais bien aimé prendre le temps de régler quelques affaires, je lui ai demandé s'il pouvait travailler au moins de 5 à 6. Il m'a répondu comme je m'y attendais : « Quelle merde, ça me gâche toute ma journée. J'ai tellement de choses à faire. »

Je le trouve très égoïste, mais peut-être lui suis-je trop dévouée. Souvent, j'ai le sentiment que les gens comme moi n'ont plus cours aujourd'hui. Je ne sais pas pourquoi j'ai tellement tendance à me mettre à la disposition des gens. Peut-être que j'ai peur d'être négligée, peut-être que je veux montrer ma sympathie et mon amour en aidant les gens, en faisant les choses à leur place. Souvent, je le fais trop spontanément, et je regrette vite ma réaction.

C'est mon vieux défaut, agir sans réfléchir suffisamment. C'est aussi lié à ma spontanéité. Ce n'est gênant, après tout, que lorsque les gens en profitent. Comme Christian.

Ces derniers temps, je suis très angoissée. J'ai peur de tout et du monde. De la mort comme la vie. J'ai quelquefois des idées morbides. Si ça devait se prolonger, je crois que je deviendrais folle...

Je ne m'accepte pas très bien. Je ne suis pas dupe de mes intentions quand je joue tel ou tel rôle. Je ne porte pas vraiment aux autres un intérêt réel. Je crois que, si l'on observe bien les gens, ils sont tous un peu comme ça...

Dimanche 16-7-78

Jour de repos. Je suis assise à ma fenêtre ; j'ai du vague à l'âme. Un morceau de ciel bleu perce parfois à travers les nuages gris.

Cette trouée de lumière me fait percevoir à quel point le monde doit être beau, quelque part. Il faut vite que je parte d'ici. Je ne supporterai plus longtemps cette situation. Toute la journée, et même dans mes rêves, je ne pense qu'à la manière de partir d'ici au plus vite. La France, peut-être, mais dans le fond, peu importe l'endroit, pourvu que je quitte celui-ci. J'ai envie de vivre quelque chose, de connaître des pays étrangers, des gens nouveaux. Les gens d'ici m'ennuient. Ils n'ont plus rien à m'offrir. Ils sont si épouvantablement normaux. Ils ne bougent pas, aucune joie de vivre !

Et Christian est comme eux. Il m'ennuie mortellement. Je n'éprouve plus aucune excitation, aucun amour, aucun respect pour lui ! Tout au plus de l'amitié. Ma mauvaise conscience et une certaine peur de l'inconnu me retiennent. Mais je suis poussée par le désir de voir et de vivre du nouveau. Une soif d'aventure comme je n'en avais jamais connue. Soudain, ça me semble dément de rester ici, j'ai tellement peur de passer à côté de la vie, de tout ce qui se passe ailleurs. C'est une solution de paresse de rester dans un endroit, d'y vivre bourgeoisement, d'amasser famille et amis, de jouer la carte de la sécurité.

C'est la première fois que j'ai à ce point envie de connaître des choses nouvelles, d'observer les autres, d'apprendre à les connaître. J'avais cru jusqu'ici que j'appartenais au lieu où je me trouvais. Mais j'ai seulement été transportée ici.

Depuis que ce feu brûle en moi, je suis nerveuse, obsédée par le désir de me précipiter dans la vie. Mais il faut d'abord que je trouve une fin satisfaisante avec Christian. Dans le fond, il est brave, trop peut-être, c'est ce qui le rend à la longue inintéressant. Une séparation lui fera du bien, à lui aussi. Il sera, comme moi, obligé de s'ouvrir de nouveau au monde.

Voilà pourquoi j'ai vécu si passivement jusqu'ici. J'ai tout laissé venir, me contentant d'accepter ou de refuser. Jamais fait un pas de ma propre initiative. C'est aussi pour ça que j'ai toujours voulu être aimée au lieu d'aimer moi-même, de donner. Je ne m'ouvrais pas au monde extérieur, ni aux autres. Je voulais être intéressante ! Ça m'a empêchée de vivre !

Maintenant, je vais suivre ma route, et si j'ai de la chance, je vivrai intensément, je donnerai beaucoup !

Samedi 16-9-78

Mon Dieu, quand je relis tout ça, je dois reconnaître que j'ai bien baissé, ces derniers temps. Je pense de manière beaucoup plus réaliste. Si l'on peut dire. Ces jours-ci, j'étudie la possibilité de monter un sauna quelque part. Mais pourquoi jouer tout d'un coup la carte de la sécurité ? Suis-je obsédée par l'argent ? Cette liberté dont je rêvais dans les pages précédentes, elle ne m'obsède plus. Seul un petit frisson court le long de ma colonne vertébrale quand je relis ces lignes. Il vaut mieux que je ne me replonge pas trop là-dedans, sinon je vais finir par me demander si je ne fais pas fausse route, en ce moment. La sécurité me tient-elle en laisse, l'argent exerce-t-il de nouveau sa domination sur moi ? Ce serait grave. Un jour ou l'autre, on finit par s'embourgeoiser, quand on ne fait pas assez tôt le pas de côté.

J'ai l'impression que je deviens peu à peu une authentique « Lübeckerin ». La ville m'apprivoise. O Dieu, préserve-moi de ça ! Mais je crois, mon Dieu, que tu as mis assez de velléité de résistance dans mon cœur, assez d'agitation dans mon esprit et assez d'instabilité dans mon âme pour que ce danger ne me guette jamais. Je ne serai jamais une citadine de Lübeck. Ni de Kiel. Mon âme n'appartient à aucun lieu. Elle voyage...

... Je suis assise à ma table de travail. J'écoute *Olé* de Coltrane, je suis de bonne humeur, mais indécise sur ce que je vais faire. S'il n'y avait ce problème de l'argent ! Comment tout mettre dans le même panier ? Le travail peut donner du plaisir, il doit. Il le faut, sinon, on n'aurait pas de but, on s'ennuierait éternellement. L'être humain ne le pourrait pas. Il est incapable de tourner en rond sans rien faire, il faut au moins qu'il lise quelque chose, qu'il écrive. C'est la malédiction de la dimension humaine et de la civilisation. Je voudrais tenir davantage de l'animal. Peut-être que dans certaines tribus d'Afrique, on se sent encore animal, qu'on arrive à oublier de temps à autre qu'on est un être doué de raison. De trop de raison.

Aujourd'hui, j'ai lu quelque chose qui m'a beaucoup énervée. Mettre un enfant au monde, c'est être son bourreau !!!

Dimanche 17-9-78

Aujourd'hui, je sais de manière certaine que je dois me séparer de Christian. Je me suis plongée dans *Printemps noir* de Miller, et brusquement j'ai compris à quel point il est différent de ce dont j'ai besoin. Il est pratiquement à l'opposé de mon idéal. Ça ne pouvait pas marcher. Mon besoin de sécurité et mon manque de maturité m'ont poussée dans ses bras. Tous les deux, nous sommes comme la mer et la rivière...

... O Dieu — comment avons-nous pu tenir aussi longtemps ? Je ne peux pas attendre de nouveaux lendemains de souffrance, je dois le quitter. Il est ce qu'il peut m'arriver de pire en ce moment. Près de lui, je ne peux pas être moi-même. Je veux de nouveau m'éveiller à la vie, avoir les sensations d'un enfant, les visions d'un enfant, être libre.

Mardi 19-9-78

C'était une journée sensuelle. J'ai fait un rêve érotique. J'ai fait l'amour avec un homme qui avait une toute petite queue de chien marrante. Mais c'était très bien.

Après m'être réveillée, j'ai voulu faire l'amour tout de suite, mais Christian n'avait pas le temps. Ça a quand même marché. Mais mon esprit était ailleurs. Je réfléchis toujours tellement. Des interrogations existentielles. S'il faut ouvrir un nouveau bistrot, ou peut-être un sauna. Mais ni l'un ni l'autre ne me motive vraiment...

Mercredi 20-9-78

Je n'ai pas dormi la nuit dernière, et aujourd'hui, je suis restée couchée toute la journée. Je me sens très mal. Il faut absolument que j'aille consulter un médecin dès demain ; je crains que ce ne soit pas juste un malaise, mais une maladie contre laquelle il faut que j'entreprenne quelque chose, s'il n'est pas déjà trop tard. La nuit dernière, j'ai eu parfois le sentiment que ce serait la dernière. Nous avions justement parlé de la mort récemment. Je crois que je n'en ai pas trop peur, pourtant. A vingt-huit ans, et si brutalement, ce serait idiot. Mon Dieu, donne-moi au moins le temps d'accepter l'idée, de m'y préparer. Personne ne peut se faire à l'idée de la mort. Pas plus en un jour qu'en une semaine ou en un mois. Je trouve ça angoissant, je ne l'avais jamais côtoyé de manière si concrète.

Miller me fait du bien. La pensée qu'un homme comme lui doive mourir, lui aussi, me tranquillise, me donne le sentiment de ne pas être seule, l'espoir de le retrouver peut-être dans le monde des morts. Mais je ne veux pas mourir ! Je n'ai pas encore vécu. Je vais commencer immédiatement !!! Je vais faire une belle promenade, je vais ressusciter !

Samedi 23-9-78

Cher Christian ! Les prochaines pages, c'est pour toi que je les écris, puisque c'est avec toi que j'ai passé cette période que je veux décrire. Du matin au soir et à la nuit !... Il nous faut jouir de nouveau de la vie, pas de l'argent, de la vie. Partons. Mon Dieu, simplement partir à travers le monde, fuir ce besoin de sécurité. Oui, tu sais, ça m'est venu brusquement aujourd'hui : la sécurité, c'est l'oppression et le stress, et non l'insouciance et le bonheur. Parce qu'on a toujours peur de perdre la sécurité. Et puis, on vit à l'économie, pour des raisons de sécurité.

Ce qui me ronge aussi, c'est ce besoin d'être raisonnable que j'ai ressenti de plus en plus ces derniers temps. Je ne veux pas être raisonnable. Je veux vivre, insouciante, jouer avec le feu, ne pas m'ennuyer. Et quand je dépense de l'argent, je veux le dépenser avec plaisir, j'ai envie d'être follement dépensière. En tout, même en amour. Ceux qui sont avares sont aussi avares en amour. Et ceux qui sont prudents sont aussi prudents en amour.

Dimanche 18-2-79

Anna s'est fait mal. Elle a essayé de faire une chandelle. Elle est tombée à la renverse et s'est cognée le nez contre son genou.

A partir d'aujourd'hui, on a décidé que, chaque fois qu'Anna se ferait mal, ce serait noté.

Une heure plus tard, Anna s'est fait mal aux fesses et au pied.

Ça lui plaît bien que je note tout !

Samedi 28-4-79

Je me replonge dans mon journal, ce qui prouve que ça ne doit pas aller très fort. Je dis « ne doit pas », car c'est assez confus dans ma tête, tout ça.

C'est la merde, et ça ne s'arrange pas. Peut-être parce que Christian est à Hambourg et que je commence à souffrir vraiment de la solitude.

Je suis seule aussi avec lui, mais moins. Ces derniers temps, je pense de plus en plus souvent au suicide. Je ne trouve aucun but à la vie. Je pense que tout ce que les gens sont capables de faire, c'est d'essayer de tenir jusqu'à la fin du match. Ils gâchent leur vie sur des valeurs insensées. Sur qui dois-je m'orienter ?

Je crois que c'est bien que Christian soit parti. Ça peut vous anéantir d'être ensemble du matin au soir, et quand on s'ennuie à deux, c'est encore pire. Peut-être que tout seul, on arrive à trouver sa voie plus facilement...

Mercredi 31-10-79

Pour la première fois, j'ai relu tout ce que j'ai écrit jusqu'ici. Je voulais juste jeter un coup d'œil sur toutes ces bêtises. Mais j'ai été surprise. C'est tout le contraire. J'étais étonnée de voir avec quelle lucidité j'avais analysé les événements passés. Bien sûr, je n'ai rien réalisé de ce que j'avais projeté tout au long de ce journal. Dommage...

Pourtant, maintenant, le moment est venu d'agir. J'aimerais bien me défiler. Je déteste les contraintes. Mais je suis bien obligée de reconnaître qu'il faut que certaines choses soient faites, sinon, rien ne change jamais. Et puis, il n'y a plus de retour en arrière possible. Notre liaison est parvenue à un point que je n'arrive absolument pas à définir. On ne peut pas dire que ce soit la fin. Il faudrait pour ça qu'il y ait eu un véritable commencement. Et, en dehors de la dépendance sexuelle et de la peur d'être seule, il n'y a jamais rien eu...

... Ces dernières semaines, j'ai compris la vraie personnalité de Christian. Il est complètement introverti. Ce n'est pas qu'il n'ait pas de sentiments, mais leur siège doit se trouver au fin fond d'un petit recoin de son cerveau. Lors de nos affrontements, il a un gros avantage. C'est son esprit de rhétorique, dont il sait se servir. Positivement et négativement !

Il arrive toujours à reprocher quelque chose à une ignorante comme moi. Il a aussi l'avantage de pouvoir rester calme, tandis que la moindre allusion perfide me démolit tout de suite, met le doute en moi, pourrait même parfois m'amener au suicide.

J'ai souvent cru que Christian était en réalité un homme bon de nature que son éducation et quelques autres raisons inconnues de moi avaient fait dévier. Il y a des gens qui sont nuisibles les uns pour les autres. Nous en faisons partie, tous les deux. En ce sens, je peux dire qu'il est négatif pour moi. Je le trouve surtout incroyablement égoïste...

Parfois, je pense que je suis tombée sur un monstre, mais ça n'a rien d'extraordinaire : tous les êtres humains (presque tous) sont des monstres, plus ou moins !

Le plus urgent, c'est que j'échappe à ce « monstre ». Sa méchanceté a le pouvoir de me rabaisser. Et ça fait si mal !

Ça me paralyse surtout dans mes actions. Aussi, je suis soulagée quand il part seul à Berlin, même si je cède alors à mes complexes d'infériorité, même si j'ai peur qu'il aille avec une autre. Il faudra quelque temps avant que je supporte ça sans souffrir. Je l'ai quand même aimé, à ma manière. De nouveau physiquement, ces derniers temps. J'aime son corps, que je trouve si beau. Mais il faut bien que je me mette dans la tête qu'un beau corps ne signifie pas grand-chose. C'est davantage du désir que de l'amour...

Je vais essayer d'être ferme, de ne plus dépendre physiquement de lui. Dieu m'assiste et m'aide à éteindre pour quelque temps mon désir.

## CHAPITRE VII

Comme tout ce qu'elle entreprend, Marianne va conduire son journal de manière assez fantaisiste. Souvent, il s'écoule des semaines, voire des mois, entre ses notes, descriptions monotones de sa liaison avec Christian. Ce sont deux êtres égocentriques, narcissiques, lunatiques, tourmentés, attirés malgré eux l'un vers l'autre, deux êtres qui n'arrivent pas à mettre un terme à ce qui n'a pas vraiment commencé.

Christian va seul à Berlin à un concert de jazz. Toute la nuit, il traîne dans un bordel. Dès son retour, il raconte en détail à Marianne ce qu'il a vécu, concluant son récit par ces mots :

— C'est finalement plus honnête quand on paie. C'est mieux que tout ce cirque sur l'amour qui ne mène à rien.

Le lendemain, Marianne a disparu. Elle aussi part à Berlin, arpente le trottoir, se laisse embarquer par le premier venu. C'est en tout cas ce qu'elle racontera à Christian à son retour. Match nul. Ils ont fait mouche tous les deux.

Dans la société de Kiel, Christian est une figure brillante. Son local *Karl der Dikke* est *in.* Lorsqu'il salue quelqu'un par son nom, c'est généralement une célébrité. Pendant longtemps, Marianne ne sera considérée que comme un élément décoratif. Ça la met hors d'elle. Elle ne supporte plus qu'on la dissimule à la campagne. Dans la boîte, les garçons s'en sont mis plein les poches. Christian doit remettre un peu d'ordre. Marianne obtient qu'ils tiennent l'établissement à tour de rôle une nuit sur deux.

Elle peut enfin donner de nouveau libre cours à sa vitalité sans être freinée par Christian. La voilà redevenue un centre d'attraction, elle lance des piques, joue les allumeuses, met de l'ambiance en choisissant la musique qu'elle aime. Et elle réussit. Beaucoup mieux que Christian, le mélancolique. Il reste assis dans son coin, joue pendant des heures aux échecs avec un de ses rares amis. Ce système d'alternance les empêche de se contrôler mutuellement. Cela provoque des scènes de jalousie quasi quotidiennes que Marianne surmonte mieux que Christian, irrité de voir avec quelle facilité elle tient la boîte en main.

En 1975, Marianne se marie — pas avec Christian, mais avec Ali S., son cuisinier. Il va être rapatrié au Pakistan, ce qui serait mauvais pour les affaires : il n'a pas son pareil pour les pizzas. Et quand il s'agit d'affaires, Christian cesse de rêver. Il ne laisse rien au hasard. Avant d'employer du personnel de couleur, il a longuement réfléchi pour être sûr que ce serait du goût de ses hôtes.

Pour conserver son chef, il convainc Marianne d'accepter un mariage blanc avec le Pakistanais. Rien de plus simple. Et puis, avec un passé comme le sien, un peu plus un peu moins, Marianne peut bien s'appeler Mme S...

Pourtant, en secret, elle avait caressé souvent le rêve bien bourgeois d'un beau mariage avec Christian. Une vie de famille, d'autres enfants... autant de projets dont elle se garde bien de parler. Elle a trop peur de ses moqueries qui l'ont si souvent blessée.

Pour être plus près de la boîte et permettre à Anna d'avoir des contacts avec d'autres enfants, ils prennent un appartement à Kiel. Mais l'enfant est déjà habituée à la vie à la campagne. Une nuit, elle se réveille. Marianne et

Christian ne sont pas là. Elle part à leur recherche, pieds nus et en chemise de nuit, dans les rues. Une ronde de police la ramasse. L'assistance publique vient poser des questions embarrassantes. Quelques mois plus tard, tout le monde retourne à la campagne, dans une ferme encore plus isolée que la première.

Christian va souvent se promener. Seul Aaron, le chien, a le droit de l'accompagner. Lorsqu'il lève les yeux vers le ciel, ce qu'il fait souvent, une sensation d'égarement l'envahit, il en tire un certain plaisir. Il lit beaucoup d'ouvrages de psychologie — ils sont à la mode à ce moment-là — sur le cri primal et le langage du corps, espérant ainsi apprendre à mieux se connaître. Il dit à Marianne :

— Chaque jour doit apporter du nouveau. Rien ne doit jamais devenir routinier.

Elle ne le comprend pas. Depuis qu'elle travaille à la boîte, elle a retrouvé tout son entrain. Elle lui dit :

— Laisse-toi vivre un peu ! Laisse tomber tes bouquins ! Tout ça, c'est de la foutaise !

Il lui répond que la boîte le dégoûte, qu'il se méprise de faire un tel travail. Elle-même, il la trouve beaucoup trop superficielle. Elle s'écrie :

— Ne recommence pas à tout briser !

Mais il ne lui laisse pas le temps de se retrouver. Presque tous les jours, il lui répète :

— Il faut que je parte. Je vis faussement.

Il prépare une expédition à travers l'Afrique. Il achète à la Bundeswehr un vieil Unimog et un camion, un sept tonnes et demi. Il a déjà acheté l'accoutrement adapté. La vieille paysanne à qui il a loué sa maison observe ces préparatifs d'un œil goguenard. Elle chantonne à mi-voix : *In Afrika die schwarze Frau hat Zähne weiss wie Schnee* *. Avec l'Unimog, Christian parcourt la région à la recherche de champignons. Puis les véhicules vont rouiller dans la

* En Afrique, la femme noire a des dents blanches comme la neige.

cour de la ferme. Une fois de plus, c'est l'énergie qui lui manque et l'Afrique restera inexplorée.

Chaque fois que Marianne est derrière le comptoir, il y a là aussi un jeune étudiant aux Beaux-Arts. Il se nomme Jörg, mais tout le monde l'appelle « Dulli-Lulli ». Toute la soirée, il la mange des yeux. Dès qu'elle s'approche de lui, il lui murmure : « Je t'aime. ». Parfois, il répète cette phrase plus de cent fois pendant la même nuit. D'abord, ça l'énerve, puis elle se sent flattée. Une nuit, Dulli-Lulli lui dit :

— Je pars en France, viens avec moi !

— Tu es fou, répond-elle.

Il insiste :

— Je t'aime. Viens avec moi, je t'en prie.

Pourquoi pas, après tout, se dit-elle. Christian veut s'en aller, pourquoi pas moi ?

Elle va chercher Anna et part avec Dulli-Lulli. D'une cabine téléphonique en Bretagne, elle appelle Christian :

— Je suis en France avec Dulli-Lulli.

— Pourquoi as-tu fait ça ?

— Il m'a dit qu'il m'aimait. Tu ne me l'as encore jamais dit.

— Je t'en prie, reviens. J'ai besoin de toi. Je t'aime.

Marianne sort de la cabine téléphonique et court retrouver Christian. On ne parle plus de Dulli-Lulli, on recommence à zéro.

Quand il avait ouvert *Karl der Dikke,* Christian s'était juré de ne pas le garder plus de dix ans. Fin 1976, les dix années sont écoulées. Il vend le magasin. Le soir de la Saint-Sylvestre, il organise avec Marianne une soirée d'adieu. C'est une réussite. Marianne l'évoque encore avec plaisir aujourd'hui : « Tous les habitués étaient là. Nous avons dansé comme des Hottentots. Anna était avec nous. » Sur une photo, on peut voir danser Christian et Marianne, tendrement enlacés comme un couple heureux.

La vente de la boîte a été une bonne affaire pour Christian, pense Marianne qui n'a jamais eu accès à ses comptes. Un bon matelas pour l'avenir, qu'il a déjà programmé. Il achète le *Stadt Kiel,* une vedette d'excursions qui promène depuis presque un demi-siècle les touristes dans les fjords et a même sombré une fois pendant la Seconde Guerre mondiale. Ce vétéran a trente mètres de long et peut transporter 350 passagers.

Christian est maintenant armateur. Dans sa tête, il remue des projets extravagants. Il veut, à bord de son bateau, organiser des pèlerinages à La Mecque. Il s'envole pour Karachi après avoir soutiré aux Pakistanais qui travaillent pour lui les renseignements nécessaires. Lorsqu'il revient, il est bien bronzé, mais l'affaire n'a pas marché. Il décide alors d'organiser des stages de plongée sous-marine dans la mer Rouge. Le projet tombe à l'eau. Il ne lui reste plus qu'à convoyer en mer Baltique les touristes qui vont au Danemark faire le plein de beurre. Il achète les paniers à provisions pour les passagers. Mais le vieux rafiot n'obtiendra jamais l'autorisation nécessaire.

Il mange le capital de Christian. Il est sans arrêt au chantier. Pour Christian, qui attache tant d'importance à l'argent, c'est une amère expérience. Lorsqu'il arrive à la conclusion que ses plans ne peuvent pas aboutir, il se met à l'ancre dans le port industriel de Lübeck et utilise le *Stadt Kiel* comme logement. La cabine du capitaine habillée de bois précieux, avec ses vitres tout autour, fait un parfait salon féodal. Sur le pont, Marianne se constitue un jardin où elle plante des tournesols et des cactus qu'elle a ramenés d'Ibiza.

Pour Anna, le vapeur est un merveilleux terrain de jeux — bien qu'on lui impose de porter en permanence un gilet de sauvetage à bord. Elle a cinq ans à cette époque et va à l'école maternelle à Lübeck. Ses camarades de jeu lui envient un tel logement.

Quelquefois, quand la fantaisie l'en prend, Christian loue les services d'un capitaine en retraite, et vogue la galère, ils descendent la Trave jusqu'à la mer Baltique. Devant Travemünde, Christian prend la barre et se sent l'âme de Gatsby le Magnifique.

Le 22 juillet 1979, mauvaise nouvelle. Christian est allé cueillir des fraises avec Anna. Le téléphone sonne. C'est un appel d'Ibiza. Le consulat allemand communique que la mère de Christian s'est suicidée. Elle était partie à Ibiza après que son cher domaine de Barkenhoff eut été mis aux enchères en raison de querelles entre les héritiers. Elle n'avait pas supporté ce départ. C'est Yogi, l'ami de Christian, qui avait été le dernier à la rencontrer. Il lui avait rendu visite dans l'île au printemps, dans la petite maison blanche au bord de la mer où elle vivait seule. Elle était devenue très étrange, disant à Yogi :

— Je me sens comme une condamnée à mort qui attend le moment de l'exécution dans sa cellule.

Yogi prévient Christian dès son retour, le met en garde : sa mère souffre de dépression nerveuse. Il devrait s'occuper d'elle. Christian laisse traîner les choses, comme toujours. Il viendra pour enterrer sa mère dans un cimetière d'Ibiza. Sur sa tombe, il fait graver une ligne de Gottfried Benn qu'ils aimaient bien tous les deux et qu'ils lisaient ensemble : « Chaque heure est une blessure, la dernière tue. »

Je roule avec Christian à mes côtés. Il veut me montrer la ferme où il a emmené Marianne lorsqu'il est venu la prendre à Hanovre. Elle est habitée, de nouveau. Il doit y avoir des enfants. Dans le jardin, on aperçoit des voitures colorées en plastique. Je découvre le noyer. C'est un jour gris. Ce paysage sans frontières rend mélancolique.

Nous rencontrons Gerda, la vieille servante qu'Anna aimait bien. C'est une femme simple au visage ridé, bon enfant. Gerda ne sait pas qu'Anna est morte. Elle demande à Christian :

— Où est Anna, ma petite Anna ? Pourquoi ne l'as-tu pas emmenée ?

Christian élude la réponse, prononce des banalités.

Gerda va dans sa chambre et en ramène des sucreries pour Anna. Christian doit les lui remettre avec un baiser de la vieille Gerda. Nous prenons vite congé.

Il commence à pleuvoir. Christian met en marche les essuie-glaces. Personne ne dit mot. Nous traversons Plön quand il explose :

— Merde, j'aurais dû lui dire la vérité. Je suis toujours trop lâche.

« Tu sais, au tribunal, quand j'ai entendu les coups de feu, j'aurais aimé danser une danse du scalp. Je trouvais ça génial de le voir allongé par terre, s'agitant encore — dans ses derniers soubresauts. Et sa fiancée qui hurlait. J'avais envie de l'attraper par les épaules, de la secouer, de lui crier au visage : quand Anna est morte, tu n'as pas hurlé !

— Arrête, lui dis-je. Ça ne sert à rien. Il ne te fait pas pitié ?

— Pitié ? hurle Christian. Pourquoi pitié ? Il est mort humainement. Plus humainement qu'un cancéreux.

— Tu ne peux pas continuer à vivre comme ça...

Il me répond :

— Un jour, j'étais à Berlin. Il n'y avait pas de chambre. J'ai dormi sur l'herbe, dans le Grünewald. Le lendemain matin, quand je me suis réveillé, il y avait une femme sur le banc. Elle caressait un chien. Le chien était étrangement immobile. Il était empaillé. Elle m'a expliqué qu'il était mort depuis dix ans. Quand il faisait soleil, elle le sortait. C'est bon pour le poil, m'a-t-elle dit.

Nous retournons à Lübeck, dans la nouvelle boîte de Christian. Il l'a baptisée *Tipasa,* en hommage à Camus. L'endroit est rempli d'une faune hétéroclite ; beaucoup de salopettes et beaucoup de cuir. Pendant des nuits entières, ils soutiennent des discussions animées sur ce... contre quoi ils sont. Ali nous fait une pizza. Sa spécialité, « champignons des prés ». En prison, Marianne a divorcé. Elle n'est plus sa femme. L'affaire marche bien. Christian s'est acheté une caisse électronique.

Il me dit qu'après Marianne, il n'a plus fait l'amour avec aucune fille. Ça ne marche pas. Je repense à notre conversation dans la voiture et je lui dis que parmi ses clients, il n'y en a certainement pas un seul qui soit pour la peine de mort. Que ce qu'on a écrit de mieux sur le sujet, c'est dans Camus qu'il vénère tant. Il me répond :

— Tu n'as pas connu Anna.

Nous sommes interrompus. Un de ses employés n'arrive pas à se servir de la caisse.

Il est minuit passé quand nous allons tout à côté, dans le logement de Christian. Le bruit du cabaret filtre jusqu'à nous. Christian sort une sacoche en plastique du chaos qui nous environne.

La sacoche est remplie de films super-8 tournés alors qu'ils vivaient tous les trois ensemble. Il assemble le projecteur et projette les films contre le mur. Une douzaine, chacun d'une durée de trois minutes.

Il rembobine chaque film.

— Je voulais tous les réunir, dit-il, mais je n'ai pas le temps.

Sur le mur blanc, Anna renaît à la vie. Elle a deux ou trois ans, elle court sur ses jambes flageolantes, sur une plage de sable de la mer Baltique. Aaron saute autour d'elle en remuant la queue. Elle veut lui jeter une pierre dans l'eau, elle tombe. Christian la relève. Il portait la barbe, à l'époque.

Anna joue dans le jardin devant la ferme avec la chatte Nischka et le chien Aaron. Aaron prend avec précautions la chatte dans sa gueule et l'emporte. Gros plan du visage d'Anna, un petit visage d'enfant rondelet aux grosses joues potelées.

— Regarde comme elle marche bizarrement, dit Christian. Elle a fait dans sa culotte.

Anna, quatre ou cinq ans. La tête rasée. Elle a l'air pitoyable. En jouant avec d'autres enfants, elle a attrapé des poux. Christian apparaît sur l'image. Il est juché sur une vieille moto peinte en blanc, une grosse BMW. Il escalade une verte colline, juste derrière la maison. Anna est accroupie derrière lui. Elle s'agrippe à son père comme un petit singe.

Anna sur le *Stadt Kiel,* en mer Baltique. Ses cheveux bruns fournis ont repoussé. Ils sont balayés par le vent. Avec Aaron, elle regarde par-dessus le bastingage. Anna est une enfant très photogénique. Christian est sur le pont, il tient la barre. Marianne actionne la sirène. Anna se bouche les oreilles, esquisse une grimace. Tous trois sur ce gigantesque bateau à vapeur, environnés d'eau, sur un fond de ciel rappelant une toile de Nolde, ont quelque chose d'étrangement désemparé.

Le film est terminé. Le projecteur continue à ronronner, jette un mince rayon de lumière dans la pièce obscure. Dans la rue, quelques ivrognes crient. Christian est loin, il refait lentement surface. Il dit :

— Anna était une chouette gosse. Si chouette. Tu ne peux pas savoir...

— Pourquoi voulais-tu tout le temps t'éloigner d'elle et de Marianne ? lui demandai-je.

— Je n'étais pas suffisamment mûr pour avoir un enfant, une famille. Tu dois comprendre. Je n'avais pas suffisamment trouvé mon moi.

Je ne réponds rien, je ne sais pas si j'ai pitié de lui. Ou si je suis furieux.

— Nous n'avons pas suffisamment pris soin d'Anna, dit-il ; nous ne nous sommes pas occupés d'elle. Le soir, au lit, elle voulait toujours qu'on lui lise une histoire. Aucun de nous deux n'en avait vraiment envie. Aujourd'hui, je ne me comprends plus moi-même. Pourquoi ne le faisions-nous pas avec plaisir ? Pourquoi devions-nous nous forcer ?

« Plus tard, quand elle est allée à l'école, nous dormions souvent très tard, et comme elle n'osait pas faire le chemin toute seule, il fallait que je me lève pour l'accompagner.

J'étais fatigué, de mauvaise humeur. Bon Dieu, j'ai beaucoup à me faire pardonner.

Le lundi, c'était le jour d'Anna, me raconte Christian. Ce jour-là, il passe de longues heures auprès d'elle, au cimetière. Il a loué un bout de jardin afin d'avoir toujours des fleurs fraîchement coupées à lui offrir.

Je veux partir. Il me demande :

— Reste encore. Ne me laisse pas seul, maintenant.

Il glisse une cassette dans sa chaîne stéréo. La voix de sa mère est dans la pièce, une voix grave, sympathique. Elle a enregistré la bande avant de quitter Barkenhoff. L'enregistrement a eu lieu dans le jardin, on entend en arrière-fond sonore le gazouillis des oiseaux. La mère de Christian confie à l'appareil à quel point elle a peur de l'avenir. Ça ne dure pas très longtemps. Dès que c'est terminé, Christian me dit :

— Il n'a pas seulement tué Anna, mais aussi un peu de ma mère. Elle se serait prolongée en elle. Pour ce que Marianne a fait, je lui baiserai éternellement les pieds.

A Ibiza, Christian a appris sur la mort de sa mère des détails qui l'affligeront jusqu'à la fin de ses jours. Elle s'est pendue à la chasse d'eau et on ne l'a découverte qu'au bout de cinq jours. Elle avait d'abord noyé son chien dans la baignoire et ses deux chats dans un seau. Christian voudrait la revoir une dernière fois. La police s'y oppose. En juillet, il fait une chaleur étouffante à Ibiza. Pendant la nuit, il se glisse dans la morgue et veut ouvrir le cercueil. Mais celui-ci, en zinc, est déjà soudé.

On a mis les scellés dans la maison où elle a été si malheureuse. Les services sanitaires doivent la nettoyer et la désinfecter. Christian s'y oppose :

— Je l'ai fait moi-même. Il fallait que je le fasse. C'étaient les dernières traces de ma mère.

Dans la salle de bains, il trouve le seau avec les deux chats ; partout, il y a des vers.

Je reprends la route de Hambourg. L'autoroute est vide,

seuls quelques camions venant de Scandinavie font route vers le sud. Je ne peux pas m'empêcher de penser à Marianne. Dans deux heures, c'est le réveil à la prison. Marianne en a peur, tous les matins cette appréhension du bruit des clefs dans les lourdes serrures, du claquement des portes en fer, du « bonjour » des surveillantes qui sonne si faux, des ordres qu'elles donnent : « E3, douche ! E2, douche ! E1, douche ! »

Marianne et Christian, que va-t-il advenir d'eux ? Quand je lui raconte ma rencontre avec Christian, elle dit :

— Sa mère d'abord. Anna ensuite. Christian est foutu. Définitivement foutu. Comme moi.

La veille de son suicide, la mère de Christian était montée sur le toit de sa maison et avait crié des jurons et des malédictions. Des voisins l'ont entendue. Marianne est convaincue que ce sont ces injures aux morts qui ont jeté le malheur sur toute la famille. Cela commence par Aaron, le chien. Il a toujours été en bonne santé. Soudain, du jour au lendemain, il tombe gravement malade. Le vétérinaire diagnostique une septicémie. A l'automne, Aaron est mort. On l'enterre tout près du poste d'amarrage du bateau. Anna y va souvent, elle lui parle. Christian se replie encore davantage sur lui-même, n'arrive pas à se débarrasser de ses complexes de culpabilité. Quelqu'un lui conseille d'aller à Coloman, dans un centre de psychothérapie, en Bavière. A Coloman, Christian fait une thérapie de groupe. Un jour, tout le monde s'allonge en cercle. Chacun doit se replonger dans son enfance, se remémorer comment son père et sa mère l'appelaient. Les autres pslamodient longuement des noms ensevelis dans leurs souvenirs. Christian n'y arrive pas. Il reste allongé et pleure.

Pourtant, ensuite, il se sent mieux. Soulagé, libéré, il retourne auprès de Marianne et d'Anna. Mais au bout d'une ou deux semaines, « la routine de merde » l'a de nouveau vaincu. Il se sent comme insensibilisé. Il ne laisse plus Marianne l'approcher. Elle dit :

— Depuis que ta mère est morte, tu n'es plus parmi nous.

— Qu'en sais-tu, répond Christian, il n'y a pas d'amour en toi. Tu m'as paralysé. Depuis le début, tu me paralyses. Ma mère en est morte.

— C'est toi qui dis ça, rétorque-t-elle ; toi qui attires la mort, le malheur. Tu recherches le malheur !

Marianne est de nouveau enceinte. Grossesse extra-utérine. Elle est hospitalisée, on l'opère. Elle ne pourra plus avoir d'enfants.

De retour à la maison, elle raconte à Anna :

— Tu ne pourras plus avoir de petit frère ni de petite sœur.

Christian se mêle à la conversation :

— De toi peut-être, mais de moi, toujours...

Marianne prend Anna avec elle et s'en va en voiture. Christian va la chercher et la ramène — comme toujours.

## CHAPITRE VIII

Un jour, trois ou quatre semaines avant sa mort, Anna rentre à la maison avec son amie Christa. Toutes deux pleurent. Marianne pense qu'elles se sont disputées et veut les réconcilier. Elle prend les deux enfants par le bras, l'une à sa droite et l'autre à sa gauche, et demande :

— Qu'est-ce qui vous arrive ?

Christa sanglote. Anna articule, d'une petite voix :

— Christa a dit que si sa mère meurt, elle veut mourir elle aussi. Et je veux mourir aussi, si tu meurs. Pourquoi tous les gens doivent mourir ?

Que répondre à ça, se demande Marianne. Elle est surprise de voir tout ce qui se passe dans la tête des gamines. Elle ne les connaissait pas sous ce jour. Elles ne pensent d'habitude qu'à inventer des blagues et à jouer des tours.

— Imaginez, dit-elle, que vous êtes très très malades, vous avez tellement mal que c'est insupportable. Quand on meurt, tout ça est terminé. On ne souffre plus, on ne sait même pas qu'on est mort. Et en plus, vous vous reverrez au ciel.

Anna dit :

— Je ne veux pas mourir, et je ne veux pas que tu meures. Et Christian non plus.

Elle se remet à pleurer. Marianne la serre contre elle et la caresse. Elle dit :

— Ecoute ! Si tous les gens qui sont venus au monde depuis le début vivaient encore, il n'y aurait plus de place pour vous. Imaginez qu'on ne meure plus, on deviendrait archi-vieux ! Mille ans et davantage. Vous ne seriez plus capable de marcher toute seules. Il faudrait vous nourrir et vous langer comme des bébés.

Toutes les trois ont éclaté de rire.

Le 30 avril 1980, Christian et Marianne ouvrent le *Tipasa.* Christian s'était juré de ne plus jamais ouvrir une boîte. Il n'a pas changé d'avis : celle-ci sera pour Marianne. Il compte seulement la lancer avant de se retirer à Poona. Dans l'ashram, il voudrait recevoir la Mala de la main de Bhagwan et ne plus se préoccuper que de sa vie intérieure.

Le *Tipasa* démarre en trombe. Le soir de l'inauguration, il aurait fallu deux fois plus de place pour accueillir tous les clients. Ils se bousculent jusque dans la rue. Christian a engagé un jeune groupe de rock, le One Night Band. La musique est si forte qu'il a peur qu'on lui retire sa licence : le *Tipasa* se trouve en plein milieu d'une résidence, dans la vieille ville. Anna est aux premières loges, devant le podium, presque invisible au milieu des adultes. Le batteur a la cote avec elle. Pendant les pauses, il la laisse s'exercer.

Marianne ne manifeste qu'un enthousiasme modéré. Les éternelles fuites de Christian la rongent. En outre, elle ne sait pas quoi faire d'Anna. Elle arrive souvent en retard à l'école. Que se passera-t-il quand Marianne sera chaque nuit derrière le comptoir ? Yogi, son vieil ami du temps de Hanovre, et sa femme Greta proposent de prendre Anna pendant la semaine. Le couple de médecins vit dans une maison avec un grand jardin. Il y a toute la place voulue pour un enfant. En outre, l'école pilote de Lübeck, l'école Waldorf, où Marianne aimerait bien envoyer Anna, est tout près. Marianne reprendrait sa fille pendant les week-ends.

Klaus Grabowski.

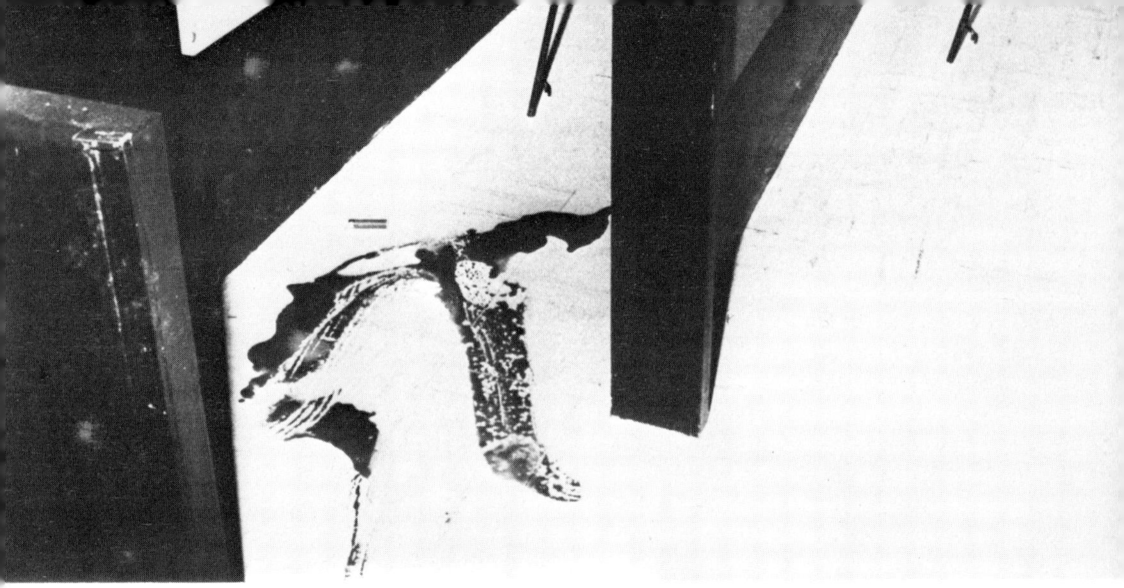

Après le meurtre de Grabowski : le banc de l'accusé *(ci-dessus)*, l'arme du crime *(ci-contre, à gauche)*, l'enlèvement du corps *(ci-dessous)*.

*Page de droite :* Marianne Bachmeier dans un parloir individuel de la prison de Lübeck *(en haut)*, et lors de son procès *(en bas)*.

Une simple croix de bois
dans le cimetière où repose Anna.

Marianne, en compagnie d'Anna et de Christina, en 1974.

Anna, Christian et Aaron, la même année.

La dernière photo d'Anna.

Marianne,
Christian,
Anna
et le chien Aaron
en 1977.

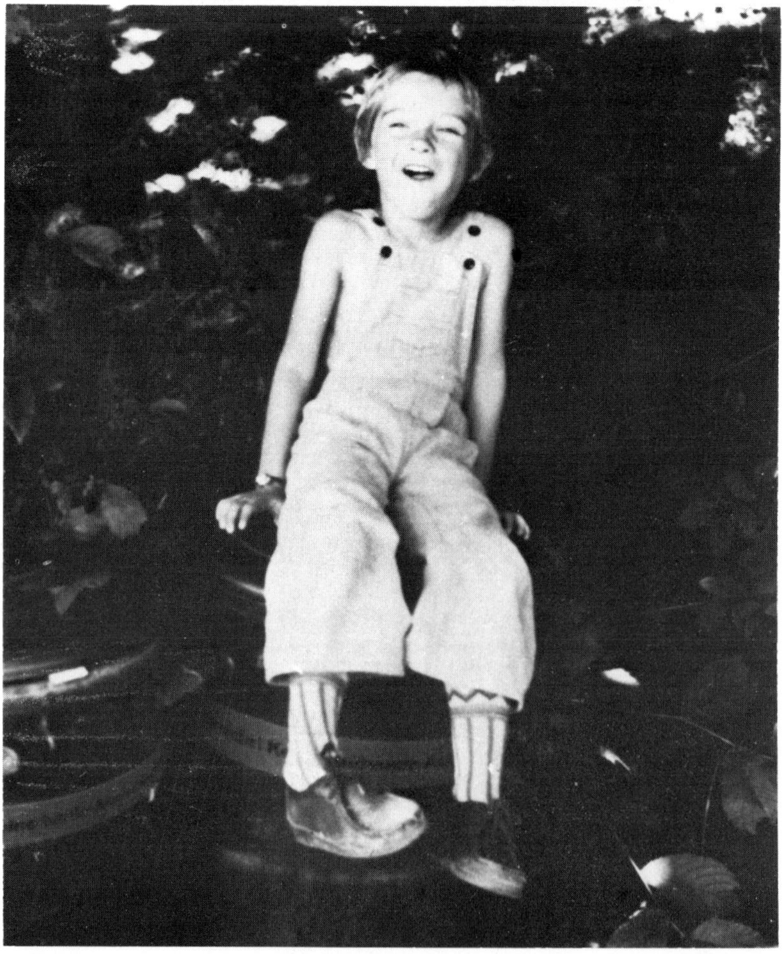

Anna en 1978.

Doit-elle aussi donner Anna, son troisième et dernier enfant, Anna dont elle s'est tout de suite sentie si proche ? Elle hésite.

Le four du *Tipasa* où Ali prépare maintenant ses pizzas est un modèle de travail artisanal. Christian et Marianne en ont vu de semblables dans un musée de plein air et sont allés chercher leur constructeur dans un foyer de vieillards du Schleswig.

Ils ont emmené l'homme avec eux à Lübeck. C'est lui qui a construit le four. Son dernier four. Le vieux plaît tout de suite à Marianne et à Anna. Elles l'appellent Papi.

Le 3 mai, dans la nuit, Mariane apprend de la bouche d'un client que le vieil artisan est mort. Elle n'oubliera pas cette date. Ni ce qui se passa les jours précédents et les suivants. Chaque heure, chaque minute, chaque seconde repasse sans arrêt dans sa tête comme un film qu'elle ne peut interrompre. Même chose pour Christian.

Le lendemain, elle veut aller avec Anna porter des fleurs sur la tombe du vieil homme. Mais Christian s'interpose :

— Pas question. Demain, nous faisons la comptabilité.

— Tu n'as donc pas de cœur, pas le moindre sentiment ? Personne n'était là pour son enterrement.

— Tu en fais un peu trop avec ton vieux ! Tu l'as fait jouir pour cinquante marks lui aussi, comme autrefois dans ton bordel ?

— Tu es si méchant, si minable ! J'ai travaillé dans un bar comme entraîneuse parce qu'il fallait faire vivre mon enfant. Comment oses-tu, toi qui traînes dans tous les bordels, et en payant en plus !

Christian lui jette un verre de vin à la figure. Marianne lui renvoie un verre de Guinness. Le verre se brise et lui fait une entaille au front qui se met aussitôt à saigner. Marianne court se réfugier dans l'appartement.

Anna se réveille. Elle se glisse dans le lit de sa mère et tente de la consoler. Il est difficile d'évaluer exactement aujourd'hui dans quelle mesure Anna a souffert de cette petite guerre que se livraient Christian et Marianne. Il est certain qu'elle en a compris l'essentiel car, comme tous les enfants qui passent beaucoup de temps avec les adultes, elle était très en avance pour son âge et s'était fait sa propre opinion sur beaucoup de choses.

Le 4 mai est un dimanche. Marianne se réveille vers midi. Elle passe dans le bar. Rien n'est rangé. Elle se rappelle que la femme de ménage ne vient pas le dimanche. Christian n'est pas encore là. Il a dormi dans le bateau. Marianne n'arrive pas à ouvrir la porte de l'établissement, car c'est lui qui a la clef. Anna sort par la fenêtre et va chercher sa copine Christa ainsi qu'une petite Turque avec qui elles vont en classe. Marianne met un disque. Anna veut Super-tramp. Les enfants aident à faire le ménage. Anna joue les patrons. Tout le monde s'amuse bien.

Christian arrive un peu avant six heures. Il a un pansement sur l'œil. A six heures, on ouvre. Tout de suite, les clients affluent. En cette chaude journée ensoleillée de mai, il y a beaucoup de monde dehors. Ils ont faim et soif. Marianne donne un coup de main à la cuisine.

Ce soir-là, Katrin fait le service. Presque tout le personnel, au *Tipasa,* travaille à temps partiel. Des étudiants qui vont en fac pendant la journée. Katrin s'approche de Marianne et lui dit :

— Regarde le type là-bas, c'est Peter. Il est avec nous dans la communauté. Un professeur. Il te trouve super.

Peter remarque tout de suite que Marianne le regarde. Il lui sourit. Ça la met en colère. Eh, beauté, pense-t-elle, tu te prends pour la grande attraction !

Peter est bien bronzé, il porte une chemise blanche cintrée à la taille, un collier de perles autour du cou. Sa moustache descend presque jusqu'à la naissance du menton. Il s'approche de Marianne. Elle dit :

— Hello, prof !

— Viens t'asseoir un peu avec nous, propose-t-il.

— Pas maintenant. Plus tard, peut-être.

Les derniers clients sont partis. Christian a fermé. Autour d'une table, il y a le personnel de l'établissement et Peter avec quelques amis de la communauté. Marianne s'assoit à côté de Peter. Elle sert du Batida de Coco. Christian s'est réfugié derrière le comptoir.

Marianne m'a raconté en ces termes sa rencontre avec Peter :

« Il a passé son bras autour de moi. Je trouvais ses mains belles, et aussi la montre qu'il portait. Ça allait bien ensemble. Christian nous guettait. Je m'en suis aperçue immédiatement et ça m'amusait. Nous avons beaucoup ri. C'était super ! »

Peter ne compte pas encore, pour Marianne. Cela ne viendra que bien plus tard. Il me raconte sa première rencontre avec elle :

« Elle voulait jouer un peu avec moi. Elle le prenait plutôt de haut. Elle m'appelait « prof » et des trucs comme ça. Pourtant, je me sentais diablement bien, quand j'étais assis à côté d'elle.

Je ne connaissais pas Anna. Par la suite, j'ai appris par Marianne qu'ils s'étaient disputés cette nuit-là à cause de moi. Christian ne l'a pas laissée dormir. C'est pour ça qu'elle ne s'est pas réveillée le lendemain matin, qu'Anna n'est pas allée à l'école et qu'elle est tombée sur ce type. C'est moi qui ai tout déclenché. Un concours de circonstances idiot. »

C'est le petit matin, Marianne va enfin se coucher. Elle est à peine endormie que Christian la réveille. Il est furieux parce que Peter a passé son bras autour de sa taille, il lui fait des reproches :

— Pourquoi t'es-tu laissée draguer ?

Elle proteste :

— Il ne m'intéresse pas. Il est trop beau pour être vrai. Laisse-moi tranquille, je veux dormir.

Christian la secoue. Il est très grossier. Il exige qu'ils en discutent immédiatement.

— Discuter, discuter, discuter, dit-elle ; tu ne penses qu'à discuter et tu ne fais jamais rien. J'en ai marre. Tire-toi donc à Poona !

La dispute de la veille est encore présente à son esprit, et voilà que ça recommence. Elle a besoin de calme, elle veut dormir. Christian, à côté d'elle, continue à parler.

5 mai 1980. Le dernier jour de sa vie, Anna se réveille tard. Trop tard pour l'école qui commence à huit heures. Elle réveille sa mère et dit :

— Maman, on ne s'est pas réveillées !

— Tant pis, tu iras à la deuxième heure, dit Marianne.

Anna ne veut pas.

— Non, je n'ai plus de pantalon à me mettre.

Elle montre son velours rouge. Une poche de derrière est arrachée.

— Bon, alors, reste !

Anna court à l'intérieur de l'appartement avec Franzl, le chien. Ils jouent à s'attraper. Marianne a la gueule de bois et mal à la tête. Avec le bruit qu'ils font tous les deux, elle n'arrive pas à se rendormir. Elle se met en colère contre Anna qui a encore raté l'école et, en plus, fait un tel ramdam. Ce n'est pas qu'elle ait envie de la gronder, elle voudrait seulement dormir.

Christian me raconte ses derniers contacts avec Anna :

« Elle avait manqué l'école, une fois de plus. On ne s'était pas réveillés. Dans mon demi-sommeil, je l'ai entendue jouer comme une folle avec le chien. Je me suis levé vers dix heures parce que je devais commander de la marchandise. Quand je suis allé dans le bar, Anna était sur le pas de la porte. Le soleil jouait sur elle. Elle avait passé un châle noir de ma mère, soigneusement peigné ses cheveux et mis des boucles d'oreilles. Elle s'étirait comme une chatte au soleil. Je lui ai tiré gentiment les cheveux par-derrière. Elle s'est retournée tranquillement sans manifester la moindre surprise et a dit : *Hello, papa !* D'habitude, elle était comme Marianne, toujours surexcitée, bourrée de punch. Cette fois-là, il émanait d'elle une douceur apaisante. Tout d'un coup, la dispute de la nuit dernière s'est effacée.

Ensuite, j'ai fait quelque chose d'inhabituel. J'ai dit : *Si on prenait le petit déjeuner ensemble ?* Anna a répondu : *Oh chouette, je veux du Müsli.* J'ai préparé deux Müsli. Ça m'a pris jusqu'à midi. Je devais passer plusieurs commandes, j'ai téléphoné sans arrêt. Je n'arrivais pas à préparer ce sacré Müsli.

Finalement, on s'est installés à la table près de la fenêtre, j'ai rarement passé autant de temps avec Anna que cette fois-là. C'est fou, justement ce jour-là, j'avais du temps à lui consacrer. Je lui ai demandé si elle n'était pas triste d'aller vivre chez Greta et Yogi. Elle a répondi : *Non, Greta tricote toujours avec moi, elle a le temps de s'occuper de moi, pas vous.*

Après, elle a voulu savoir absolument combien elle mesurait. J'ai remonté mon pull-over. Elle m'arrivait juste à la poitrine. Puis, elle est montée sur la rampe de l'escalier et a dit : *Maintenant, je suis plus grande que toi.* Ensuite, des enfants d'à côté sont venus, Jessica et Steffi, elle est partie avec eux. Je devais aller au marché de gros à Kiel. J'ai emmené Franzl. »

Marianne a rendez-vous à une heure avec Greta et Yogi. C'est cette semaine qu'Anna doit aller vivre chez eux. Ils doivent parler de tout ça aujourd'hui. Elle se lève et se rend compte qu'elle va être en retard. Elle appelle Yogi. Il est furieux : « Tu sais pourtant que j'ai très peu de temps pour déjeuner, dit-il. J'ai mes consultations tout de suite après. Tu ne pourrais pas être à l'heure, un jour comme celui-là ? » Ils reportent finalement le rendez-vous à quatre heures.

A trois heures, Marianne se souvient brusquement qu'elle doit passer au journal. Une journaliste des *Lübecker Nachrichten* veut écrire un article sur le marquage des carrosseries. Et Marianne conduit un bus VW qui rappelle le décor d'un conte oriental. Sur la carrosserie bleue sont peints des éléphants blancs, des oiseaux de paradis multicolores, des croissants de lune jaunes. Anna est folle du bus. Elle aimerait se balader avec toute la journée.

Marianne à son tour me conte les derniers moments qu'elle a passés avec sa fille :

« J'aimerais bien en parler comme si c'était très loin dans le passé. Mais ce n'est pas le cas. Chaque fois que j'en parle, j'ai l'impression que ça vient d'arriver. J'aimerais remonter le temps, tout reprendre le 5 mai à une heure. »

C'est vers une heure qu'Anna est venue la trouver pour lui demander quand ils allaient finalement chez Greta et Yogi. Elle lui a répondu que c'était pour plus tard. Elle lui a proposé de venir au journal. On allait photographier le bus, ce serait sûrement très amusant. Peut-être qu'on ferait même une photo d'elle.

Anna préfère aller jouer dans la rue. Marianne lui dit qu'elle doit absolument être rentrée pour quatre heures moins le quart afin d'arriver à temps chez Greta et Yogi. Et voilà Anna repartie. Le monde qu'elle va quitter est tout aussi chaotique que celui qui l'a vu naître.

A trois heures, Marianne se rend au journal. Elle a de la chance, trouve à se garer juste devant. Elle pose pour la photographe devant son bus. Puis à l'intérieur. Par la fenêtre baissée, elle fait des signes. Les photos doivent illustrer un reportage local. Plus tard, après l'événement, elles seront publiées dans le monde entier.

Vingt minutes plus tard, Marianne est de retour chez elle. Elle attend Anna jusqu'à près de quatre heures. Elle scrute la rue, d'habitude remplie d'enfants qui jouent. Aujourd'hui, elle est déserte. Marianne va à la laiterie près du *Tipasa.* Anna est souvent chez la vieille Lene Kögel, « tante Lene », à qui appartient le petit magasin. Anna y est passée, vers deux heures. Depuis, on ne l'a pas revue. Marianne prie la vieille dame de prévenir Anna qu'elle est partie chez Greta et Yogi et sera de retour vers six heures.

Sur la route, elle réfléchit. Elle est préoccupée. Ça ne peut pas durer comme ça. Sa fille doit apporter plus de sérieux à ses études. Peut-être que Greta constitue la solution. Le couple est déçu qu'Anna ne soit pas venue. Finalement, tout le monde convient que c'est mieux ainsi, ils pourront parler en toute tranquillité. Puis, Yogi doit retourner à ses clients. La salle d'attente est pleine. Il laisse les deux femmes seules. Elles font des projets d'avenir pour Anna qui, à cet instant, n'est déjà plus en vie.

« Nous avons eu une discussion très animée à propos d'Anna, raconte Greta. Nous étions tellement épuisées que nous nous sommes assises sur un lit. Marianne avait terriblement peur que nous lui enlevions Anna, qu'elle ne la revoie plus jamais. Elle a pleuré, elle disait qu'elle avait si peur de la vie et qu'à cause de cette angoisse, Anna serait mieux chez nous.

Elle a ajouté qu'elle n'y arrivait plus. Elle s'est traitée de mère indigne. D'un autre côté, Anna ne méritait pas ça. Elle la grondait souvent et se montrait impatiente avec elle alors que rien ne le justifiait. Si ça continuait ainsi avec Christian, ce serait un véritable enfer pour sa fille.

Elle m'a dit aussi qu'elle s'entendait bien avec les enfants jusqu'à cinq au six ans. Quand ils deviennent plus grands, elle n'y arrive plus.

Ce fut une discussion animée entre femmes. Nos rapports sont tels que nous n'avons pas peur l'une de l'autre. Elle ne craignait pas que j'aie d'elle une mauvaise opinion. C'était clair dès le début. Quoi qu'elle fasse, je la porte dans mon cœur. Et elle le savait. C'est d'ailleurs pour ça qu'elle m'a raconté sa vie, tous les avatars qu'elle a connus. Comment elle a dû gagner sa vie dans des boîtes de nuit comme entraîneuse, etc. Et qu'elle ne voulait plus recommencer, qu'elle ne voulait pas s'enfoncer à nouveau.

Elle avait un incroyable complexe de culpabilité. Elle s'en voulait d'avoir raté sa vie, de n'avoir rien réussi et que ça ait déteint sur les enfants. Elle me disait qu'il lui arrivait de ne pas dormir de la nuit à la pensée que, si les enfants restaient près d'elle, il leur arriverait peut-être la même chose parce qu'ils n'avaient rien à quoi se racrocher. Je le sens bien, me disait-elle, je n'en ai pas la force. Je n'y arrive pas.

Peut-être que la nouvelle organisation de la boîte allait modifier les choses. Maintenant qu'elle saurait Anna en bonnes mains, la vie allait peut-être reprendre. Il y avait beaucoup d'émotion dans notre discussion. L'école Waldorf, ce serait bien pour Anna, et comme nous étions un couple de médecins, ce serait plus facile. »

Un peu plus tard, Greta et Yogi trinquent à leur nouvel enfant. Marianne est déjà retournée au *Tipasa.* Greta et Yogi la rejoignent peu après. Ils veulent encore en discuter avec Christian et surtout voir Anna. Elle n'est toujours pas là. Marianne a téléphoné partout chez ses amies. Elle dit :

— Ce n'est pas possible. Christian a dû l'emmener à Kiel.

Tous trois s'assoient à l'arrière du bar, sur le banc. La porte est dans leur champ de vision, ils verront arriver Anna et Christian. Abdul porte à l'extérieur un sac en plastique avec des déchets de viande. Quelques gouttes de sang tombent sur le sol. Marianne dit à Yogi :

— Regarde, il y a un mort, là-dedans.

Peu avant neuf heures, Franzl surgit en aboyant dans le local. Christian arrive derrière lui. Il porte un gros carton de marchandises. Sur le dessus, un klaxon qu'il a acheté pour Anna, pour sa bicyclette. A côté de lui, il y a une petite fille. Première pensée de Marianne : Dieu merci, voilà Anna.

Puis elle s'aperçoit de son erreur. Ce n'est pas Anna, c'est son amie Christa.

— Où est Anna ? Encore à la voiture ? demande-t-elle à Christian.

— Anna ? répond celui-ci. Anna n'est pas avec moi !

Tous trois remarquent la panique qui s'empare aussitôt de lui. Et la peur s'installe aussi en eux. Aujourd'hui encore, ils se souviennent de la réaction de Christian.

Marianne : « Il est devenu blême. »

Greta : « Christian était blanc comme le mur. »

Yogi : « D'un seul coup, il est devenu d'un blanc crayeux. »

Marianne demande à Christa :

— Tu n'as pas vu Anna, aujourd'hui ?

Christa :

— Non. J'étais tout l'après-midi chez Jessica.

Un homme veut parler à Christian, un courtier en assurances qu'il a fait venir. Il attend depuis plus d'une heure. Christian le renvoie.

Marianne et Greta demandent aux voisins. Quelqu'un a vu Anna vers cinq heures sur l'aire de jeu. Elles cherchent dans tous les terrains de jeu des environs. Sur la place du marché, il y a la fête. Le propriétaire d'un manège affirme avoir vu, deux heures plus tôt, une petite fille, oui, elle portait un velours rouge.

Yogi a téléphoné dans tous les hôpitaux. Personne n'a amené une petite fille correspondant au signalement d'Anna. Il fait le numéro de Police-secours. On va envoyer une voiture.

Marianne a cessé de fumer depuis deux ans. Ce soir-là, elle grille cigarette sur cigarette. Elle dit à Christian :

— Pourquoi ne l'as-tu pas emmenée à Kiel ? Pourquoi ne l'as-tu pas mieux surveillée ?

Christian n'est pas là. Il s'est refermé sur lui-même.

Deux policiers en uniforme entrent dans le local. Ils veulent une description d'Anna. Ils vont à leur tour sur les aires de jeu, fouillent toutes les rues avoisinantes, descendent le chemin le long du canal et fouillent dans les buissons. Quelques heures plus tôt, le criminel est venu là pour se débarrasser de sa victime.

Les policiers emmènent Marianne et Christian au commissariat. Ils doivent enregistrer la disparition.

« C'était comme dans Kafka, raconte Christian, un vieux bâtiment, un escalier en bois qui grince, un bureau en haut sous les toits. Des cloisons de travers, des bureaux remplis de papiers, partout des papiers. Je pensais, ils vont tout de suite savoir où est Anna, il faut qu'ils la trouvent. Bon Dieu, qu'ils soulèvent les toits des maisons pour regarder à l'intérieur ! Mais ils ont commencé par tout noter. Quelle est sa taille, de quoi a-t-elle l'air, que portait-elle. Oui, ils étaient là à se demander ce qu'elle avait sur elle. On se disait, ils vont la trouver tout de suite... Puis, on est rentrés à pied chez nous. »

Ils marchent l'un à côté de l'autre, ne se parlent pas, ne se touchent pas. Ils passent même devant la maison où leur enfant a été tuée.

Le café est presque vide. Les clients ont appris ce qui est arrivé. Ce n'est plus un endroit pour s'amuser. Seuls quelques poivrots traînent encore là. Marianne ouvre son troisième paquet de cigarettes. Ses mains tremblent tellement que Yogi est obligé de lui donner du feu. Elle fume les cigarettes jusqu'au bout, jusqu'à ce que le filtre crame.

Ils sont tous assis de nouveau sur le banc, au fond du bar, d'où l'on peut le mieux surveiller l'entrée. Marianne boit beaucoup de bière.

— Elle est morte, s'écrie-t-elle brusquement, morte, morte. Je le sens. La malédiction de ta mère...

— Je t'en prie, dit Christian, reste tranquille.

Yogi tente de calmer Marianne. Il connaît une famille dont l'enfant est parti avec des amis une semaine entière sans prévenir.

Des policiers de la Criminelle arrivent avec un chien. Ils inspectent le bar, la cave, l'appartement, montent même sur le toit. Pour leurs recherches, ils ont besoin de photos d'Anna. Marianne va chercher un carton à chaussures rempli de photos et le renverse sur la table. Les hommes de la Criminelle vont aller se renseigner dans les bars où ils ont des indics. Peut-être trouveront-ils une piste.

— Anna ne va jamais avec personne, dit Marianne. Elle ne suivrait jamais un inconnu.

Les derniers clients sont partis. Tous les quatre sont seuls. Marianne est saoule. Elle met Jimmy Hendrix, danse sur *Machine Gun* et *Gypsy Boy.* Elle met l'ampli à fond, trépigne des pieds en cadence, ses longs cheveux noirs lui tombent sur le visage, faisant écran.

Christian surveille la rue. Des voitures de police parcourent lentement le quartier. Marianne craque, elle jette des verres contre le mur, déchire son chemisier, s'écrie :

— *This is the Horror Picture Show.*

Les débris de verre s'accumulent.

Greta s'approche de Marianne. Toutes deux se mettent à danser. Marianne la supplie :

— Je t'en prie, restez, cette nuit ! J'ai besoin de toi. Tu es la seconde mère d'Anna. Tu dois être la seconde mère d'Anna.

A trois heures, Yogi retourne chez lui.

Sur le podium, où d'habitude s'installent des musiciens, on dispose des matelas pour attendre Anna. Si elle vient, elle doit passer par le bar. La porte extérieure de l'appartement est verrouillée.

Christian raconte :

« C'était bien que Greta soit restée. Marianne et moi tout seuls, on ne l'aurait pas supporté. Ça n'aurait pas été possible. Greta a été un catalyseur fantastique. Elle s'était placée entre nous. Je touchais son pied avec mon pied. C'était un pied gigantesque. J'étais habitué aux petits pieds de Marianne. Ce contact avait quelque chose d'apaisant. Je me suis dit, près de Marianne, de toute façon, je ne peux pas trouver de réconfort. »

A six heures du matin, la femme de ménage arrive.

Marianne, Christian et Greta se retirent dans l'appartement et tentent de trouver le sommeil. A sept heures trente, ils sont réveillés par leur voisine, Lene Kögel. Elle vient d'apprendre à la radio ce qui se passe : « On recherche de toute urgence Anna Bachmeier, sept ans. L'enfant portait un pantalon de velours rouge... »

Lene Kögel traverse la cour en courant et crie par la fenêtre ouverte :

— Marianne, dis-moi que ce n'est pas vrai, je t'en prie, dis que ce n'est pas vrai !

— Si, tante Lene, Anna a disparu.

Greta dit qu'il faudrait prendre le petit déjeuner. Elle fait cuire des œufs, Christian s'occupe du thé. Marianne regarde par la fenêtre, elle pense : « Pourquoi fait-il si beau dehors ? Il devrait pleuvoir. »

A neuf heures, Christian appelle la police. On lui répond :

— Un instant, je vous mets en rapport avec la section des meurtres.

Un employé lui dit qu'on a arrêté un homme, mais qu'on ne sait encore rien de précis. On le contactera de nouveau dans une heure.

Christian n'y tient plus. Il s'installe au volant de sa voiture et inspecte une fois de plus les rues.

Marianne et Greta commencent à nettoyer fébrilement l'appartement, elles font du rangement.

A dix heures et demie, Christian rappelle le commissariat. On lui répond :

— Vous êtes chez vous ? J'arrive tout de suite.

Christian s'assied sur le sol, se replie sur lui-même comme un embryon, appuie sa tête sur ses genoux.

L'officier de police porte un trench-coat bleu foncé et une cravate noire. Marianne dit :

— Elle est morte.

— Oui, elle est morte, fait le policier.

— Je ne veux pas savoir comment, dit Marianne. Je vous en prie.

Greta se met à crier. Christian se cogne la tête deux à trois fois de toutes ses forces contre le mur.

— Il faut pourtant que vous le sachiez, reprend l'officier de police. Votre fille a été étranglée. Tout est allé très vite. Elle n'a pas souffert.

Yogi arrive. Il apporte des tranquillisants, du Valium et du Lexotanil. Marianne et Greta sont accroupies sur le lit, pressées l'une contre l'autre. Elles se pincent, se font volontairement mal. Christian reste prostré, inerte, sur le sol.

# CHAPITRE IX

Lene Kögel est l'une des dernières à avoir vu Anna vivante ce 5 mai 1980. Elle est propriétaire dans la Schlumacherstrasse de la maison dans laquelle se trouve aussi le *Tipasa.* Dans un minuscule magasin, Lene Kögel vend du beurre, des œufs, du fromage et du lait. Elle a plus de soixante-dix ans. Son affaire ne rapporte pas gros. Pourtant, elle ne tient pas à arrêter, sa vie serait bien trop monotone.

Anna est presque tous les jours chez la vieille femme, sa « tante Lene ». Elles bavardent toutes les deux, l'enfant joue avec le chat.

Je suis allé voir Hélène Kögel pour parler d'Anna. Elle est debout dans son magasin, entourée d'étagères où sont posées, en grosses meules, plusieurs variétés de fromages — édam, gouda, tilsitt. Elle porte un tablier blanc tout propre, elle a des joues rouges, des cheveux soigneusement ondulés ; elle ruisselle d'une insolente santé.

« Oui, Anna est passée chez moi, me dit-elle. Elle a joué avec Mieze et je lui ai fait une tartine. C'était une petite fille si gentille, si aimable. Qui sait ce qu'il a pu lui faire. Non, je n'arrive pas à comprendre. C'est vraiment dommage que ce type soit mort en quelques minutes. On aurait dû le mettre sur la place du marché. Chacun aurait eu le droit de l'écorcher un petit peu. Toute la journée. Pour qu'il sache ce que c'est, de torturer quelqu'un. »

L'homme que Lene Kögel aurait aimé voir ainsi lapidé se nomme Klaus Grabowski. Il est né le 19 mai 1945 à Lübeck, quelques jours après la fin de la guerre. Son enfance a certains points communs avec celle de la mère d'Anna, qui le tuera pour ce qu'il a fait.

Ses parents divorcent alors qu'il est encore tout jeune. Sa mère se remarie peu après. Il grandit aux côtés de son frère et d'un demi-frère du second mariage. Aux psychiatres qui l'interrogent après le crime, il déclarera qu'il a eu une enfance « très belle », et qu'il s'entendait très bien avec son beau-père. En réalité, il a souvent reçu des coups en punition de ses bêtises. A ce que lui a dit sa mère, il n'a parlé que très tard et n'est entré à l'école qu'à sept ans.

Klaus Grabowski va à l'école pendant neuf ans. Il en sort en 1961 et entre en apprentissage chez un boucher. Il aurait préféré être cuisinier mais l'occasion ne s'est pas présentée. En 1964, il passe son examen d'apprenti avec une moyenne très médiocre.

Contrairement à celle de Marianne Bachmeier, cette biographie de Klaus Grabowski sera courte et se limitera aux faits essentiels. En effet, ses parents — sa mère, ses frères, sa fiancée — n'étaient pas disposés à répondre à mes questions.

Par l'intermédiaire de l'avocat de Grabowski, Me Ralf Weber de Lübeck, j'ai pendant plus d'un an essayé de prendre contact avec eux. Ils n'ont pas voulu. Ils ont trop souffert ces dernières années des lettres de menace et des appels anonymes. Parmi les injures auxquelles ils ont eu droit : famille d'un « monstre, vampire, rapace avide de sang, ignominie de la nature ». Même le pire des salauds peut montrer du doigt un assassin d'enfant, il sera toujours une marche au-dessus de lui. Ce qu'a fait Klaus Grabowski, sa famille le ressent comme une honte personnelle et, aujourd'hui encore, ils se cachent. Aujourd'hui encore, sa mère n'ouvre sa porte qu'après un coup de sonnette convenu.

Je suis donc contraint de décrire la vie de Klaus Grabowski d'après les document officiels, les rapports de police et les interrogatoires, les expertises psychiatriques. Des quelques indications qu'ont pu me donner ses voisins, il ressort que c'était un être très fragile et sensible, malade de surcroît.

Le jeune homme a sa première érection à douze ans. A treize ans, il se soulage trois à quatre fois par semaine. Pour cela, il lui arrive de mettre des sous-vêtements de sa mère. A seize ans, il a une amie régulière. Mais elle ne lui permet que de flirter avec elle. A dix-sept ans, il fait l'amour pour la première fois avec une femme beaucoup plus âgée et expérimentée que lui. Il a des relations homosexuelles. Chez les hommes, confiera-t-il plus tard aux psychiatres, il cherchait surtout une amitié paternelle.

En 1965, Grabowski s'engage pour deux ans dans la Bundeswehr. Apparemment, on lui avait promis de l'affecter aux cuisines. Ce n'est pas le cas, et il déserte. Il est condamné à quatre mois de prison, puis relâché. Pendant son emprisonnement, Grabowski découvre pour la première fois son attirance sexuelle pour les enfants. Il découpe des photos de petites filles dans des catalogues de vêtements et se masturbe.

Libéré, il se fait engager comme cuisinier de bord sur un bac reliant Travemünde à la Scandinavie. Il ne travaillera plus jamais comme boucher. A bord, il apprend à boire. Deux à trois fois par semaine, il est ivre ; il s'étourdit par la boisson parce que la vie qu'il mène ne lui plaît pas, mais il n'a pas la force d'en changer. Et voilà de nouveau Grabowski en conflit avec la loi ; il comparaît devant un tribunal pour vol, détournement de fonds, escroquerie. On le condamne à des peines avec sursis.

A Travemünde, Grabowski rencontre souvent une fille. Ils s'installent ensemble, se fiancent, ont un enfant. Il va passer quelque temps avec sa fiancée dans le sud de l'Allemagne. Leur liaison est de courte durée, car il ne s'est pas entendu avec les parents de son amie. Quand il baigne ou lange sa fille, il sent que ça éveille ses sens. Parfois, il vole des vêtements d'enfants qui sèchent sur un fil. En été, il part au bord de la mer Baltique et rôde sur la plage, observe les enfants qui jouent.

Il fait la connaissance d'une seconde femme qu'il épouse. Son second enfant vient au monde ; cette fois, c'est un garçon. La femme de Grabowski travaille comme serveuse. Les enfants du voisinage surveillent le bébé. La présence des enfants dans son logement excite cet homme. Les pulsions qu'il sent monter en lui l'effraient.

Klaus Grabowski en parle à sa femme, il lui avoue qu'en regardant les enfants sur la plage, il ressent comme des picotements. C'est à tel point qu'une voiture d'enfant vide sur le seuil de la porte éveille en lui des fantasmes sexuels. Il veut se faire soigner, mais il n'ose pas.

Il dira plus tard aux médecins qu'il a eu avec ces deux femmes une relation basée essentiellement sur le sexe. Il fait l'amour avec elles presque tous les jours. Ce qui ne l'empêche pas de repenser sans arrêt aux enfants.

Grabowski travaille maintenant sur des chantiers. On le met souvent à la porte parce qu'il est saoul. L'alcool le rend irritable et agressif et renforce ses penchants pédophiles.

Le 9 mai 1971 a lieu sa première expérience. Dans Lübeck, il aborde la petite Claudia, âgée de six ans, et l'attire dans un logement vide. Il met la main dans son collant et essaie de la caresser. Claudia essaie de fuir. Grabowski met ses mains autour de son cou. La fillette crie. Grabowski lâche prise. Une habitante de l'immeuble vient au secours de l'enfant.

Devant le tribunal, l'expert définira Grabowski comme un « psychopathe déséquilibré, bloqué, ayant des difficultés de contact, peu sûr de lui », dont la « caractéristique saillante est son immaturité psycho-sexuelle ». En outre, au moment du délit, il était sous l'empire de l'alcool, ce qui a amoindri considérablement sa lucidité. Le tribunal le condamnera à un an de prison pour tentative de sévices sur un enfant. La sentence est assortie d'un sursis.

Klaus Grabowski suit un traitement psychiatrique. Pour peu de temps, car il a le sentiment que l'on ne s'intéresse guère à lui, que tout glisse sur lui sans l'atteindre.

Il récidive. Au Bureau fédéral de police judiciaire, on enregistrera en tout au fichier central dix-neuf condamnations pour sévices sur enfants, vol, détournement de fonds, fraude, déprédations, violation de domicile, défaut de versement de pension.

Le 11 mars 1975, il cherche de nouveau en vain du travail. Il noie son échec dans trois mini-bouteilles de schnaps et plusieurs bières. Stimulé par l'alcool, il déambule à travers la ville et aborde dans la Lindenstrasse deux enfants de neuf ans, Frank et Suzanne. Il les charge d'aller faire des courses pour lui. Lorsqu'ils arrivent à son domicile, il entraîne la petite fille dans sa chambre sous le prétexte de jouer au malade et à l'infirmière. Il se déshabille, ne conservant que son slip, et se met au lit. La fillette s'assoit sur le rebord du lit. Sous la couverture, il fait bouger ses mains. Il demande à l'enfant si elle sait ce qu'il fait et si elle a déjà vu son père tout nu. Puis il passe sa main entre ses jambes et la caresse. Il rabat la couverture et joue avec son membre. Il demande à la gamine si elle sait ce que c'est.

Les parents de l'enfant portent plainte. Le voilà de nouveau devant le tribunal. Il a été préalablement examiné par un neuro-psychiatre. Le tribunal rend son verdict : « A l'examen de l'expertise convaincante du Dr Hartmanis, il apparaît hors de doute pour la chambre que les pulsions sexuelles anormales de l'accusé ont un caractère de maladie chronique, que l'accusé était certes conscient du caractère répréhensible de son acte, mais qu'il a été considérablement handicapé par l'aveuglement que provoque en lui la puissance de ses pulsions. L'expert a par ailleurs clairement laissé entendre que, faute d'un traitement médical, l'accusé risque de renouveler de tels actes au détriment d'enfants... »

Afin de « protéger la collectivité d'un tel risque », pour reprendre la formulation du droit allemand, les juges décident en date du 4 septembre 1975 l'internement de Grabowski dans l'hôpital psychiatrique départemental de Neustadt dans le Holstein. Il s'écoula plus de quatre mois avant qu'il soit transféré de la prison de Lübeck à Neustadt, ce qui prouve à quel point l'administration traite avec légèreté ce genre de cas. Quant aux conditions de détention dans les établissements psychiatriques, elles sont illustrées par cette supplique du criminel Fritz Haarmann à ses juges il y a plus de cinquante ans : « Coupez-moi la tête, mais ne me renvoyez pas à l'asile ! »

La détresse qui se cache encore aujourd'hui derrière les murs de ces établissements, on peut la toucher du doigt à travers ce « rapport sur la situation de la psychiatrie en Allemagne fédérale » (1975), dans lequel une commission d'experts mandatés par le Bundestag qualifie les conditions d'accueil de « partiellement indignes et inhumaines ».

Cette période à Neustadt a dû être pour Klaus Grabowski le comble de l'horreur. La terreur que lui inspire un possible retour dans cet établissement, ainsi que le déclarera plus tard sa fiancée, ne l'a jamais abandonné. Un état d'esprit qui a peut-être coûté la vie à la petite Anna.

Le Dr Hartmanis avait recommandé pour Grabowski un traitement psychiatrique de type analytique. Mais, dans les hôpitaux psychiatriques, les moyens thérapeutiques mis en œuvre sont limités. On se contente de surveiller le malade et de le calmer avec des psychotropes. Il a peur de finir ses jours dans cet univers. Pour y échapper, il choisit la castration.

L'intervention a lieu le 3 septembre 1976 à l'hôpital de Neustadt — chirurgicalement parlant, une simple formalité. Grabowski est opéré sous anesthésie totale. En l'espace d'une demi-heure, les chirurgiens lui enlèvent les vésicules séminales et les deux testicules.

Par l'intermédiaire de son avocat, Grabowski demande à être remis en liberté. Dans la lettre au tribunal de Lübeck, on peut lire : « Il est non seulement invraisemblable que Grabowski commette de nouveaux délits, mais c'est totalement exclu. Car cet homme s'est fait castrer, ce qui rend définitivement impossible tout risque de rechute, tant physique que psychique... »

Le 5 mai 1977, trois ans jour pour jour avant qu'il n'assassine Anna Bachmeier, Grabowski est de nouveau un homme libre. Le juge qui signe la décision de le remettre en liberté est celui-là même qui, plus tard, présidera le tribunal devant lequel il comparaîtra après son crime.

La femme de Grabowski a obtenu le divorce. Grabowski fait bientôt la connaissance d'une autre femme, Renate M., employée chez un promoteur immobilier. Atteinte de polio très jeune, elle est restée handicapée motrice. A l'automne 1978, ils emménagent, après s'être fiancés, dans un petit logement mansardé au 84 Wahmstrasse, à quelque cent cinquante mètres du 12 Schlumacherstrasse où Christian et Marianne ouvriront plus tard le *Tipasa*.

Le premier acte du drame se joue le 24 janvier 1978. Ce jour-là, Grabowski vient consulter un urologue de Lübeck, le Dr Klaus von Berge. Il se plaint de manque de sommeil, de nervosité, de transpirations brutales et de douleurs aux articulations — tous symptômes d'une déficience hormonale, due dans le cas de Grabowski à la castration qu'il a subie. En outre, explique ce dernier, ça ne marche plus avec sa fiancée. Ils ont certes des contacts sexuels, mais de véritables rapports sont devenus impossibles car il n'a plus d'érection. Il déclare au médecin — c'est en tout cas ce qu'affirme le Dr von Berge, qui sera accusé d'homicide par imprudence après la catastrophe — qu'il a été castré pour exhibitionnisme. Le médecin ajoute qu'il n'avait aucune raison de ne pas le croire. Son patient lui a paru « très sensible » et, au cours de leur entretien, lui a fait « plutôt bonne impression ». Comme si tous les criminels ressemblaient à des monstres...

Le Dr von Berge n'a aucun scrupule à traiter Grabowski aux hormones mâles afin de rétablir sa virilité. Quant à ses autres troubles, il eût suffi d'un traitement à la cortisone pour les guérir.

Second acte du drame : avant de commencer le traitement, le Dr von Berge téléphone à Eva Müller, qui suit le dossier Grabowski. Le juge se souvient de la contrariété qu'a manifestée le médecin devant la castration d'un homme si jeune. Elle n'arrive pas à se rappeler si, au cours de cette conversation téléphonique, ils ont parlé des délits de l'intéressé. Elle n'a rien contre le traitement proposé par le Dr von Berge. Plus tard, elle déclarera : « Il ne m'était pas venu à l'idée qu'un tel traitement pourrait, après une castration, redonner sa virilité à un homme. »

Troisième acte du drame : le juge Eva Müller téléphone à Bergmann, responsable de la réinsertion sociale de Grabowski. Voici un extrait de la note qu'il a rédigée à ce sujet : « Le juge Müller attend de M. Grabowski qu'il rende compte à temps des effets éventuels du traitement hormonal au cas où celui-ci réveillerait ses pulsions sexuelles et en particulier son attirance pour les enfants. »

Ainsi, Klaus Grabowski, détraqué sexuel, qu'on a bourré d'hormones, était chargé de veiller sur lui-même. On imagine ce qu'ont dû ressentir les parents de la victime lorsqu'ils ont pris connaissance de cette note...

A partir d'avril 1978, Klaus Grabowski reçoit tous les mois une injection de 100 milligrammes de Testoviron. Il prend en outre tous les jours trois comprimés de 25 mg de Proviron, plus tard jusqu'à six. Ces deux produits ont une action androgène (apport d'hormones mâles). Grabowski se sent de nouveau sexuellement en pleine forme.

Quatrième acte du drame : le Dr von Berge prolonge son traitement au-delà de deux ans — jusqu'au moment où son patient tuera Anna Bachmeier. Bien que Grabowski vienne souvent au cabinet du médecin pour y prendre des ordonnances et se faire administrer des piqûres, le Dr von Berge, pendant toute cette période, ne le verra que sept fois. Le 18 mars 1980, il note : « Entretien urgent avec patient. » Il a en effet appris par un pharmacien de ses amis que Klaus Grabowski a emprunté de l'argent pour se procurer du Proviron qu'il est venu chercher à l'officine en promettant qu'il apporterait l'ordonnance plus tard. Mais le Dr von Berge n'aura pas d'entretien avec lui, bien que, par deux fois, le 18 mars et le 25 avril 1980, on ait administré du Testoviron et donné des comprimés dans son cabinet à son client.

Aujourd'hui, le médecin ne se sent toujours pas coupable. Il déclare, par le truchement de son avocat : « Le Dr von Berge, de par sa profession, était obligé d'apporter l'aide nécessaire à un malade. »

Après son crime, Klaus Grabowski sera examiné par le professeur Walter Kerner, psychiatre à Hambourg. Celui-ci déclare dans son rapport : « La petite Anna Bachmeier, victime de ce meurtre, serait peut-être encore en vie si on avait laissé Grabowski dans l'état hormonal d'un homme castré. » Mais on n'entendra jamais cette déclaration au tribunal de Lübeck. Avant qu'on ait eu le temps de la lire, les coups de feu ont éclaté dans la salle de la cour d'assises.

Cinquième acte du drame, et ici, il s'agit d'une défaillance de la police : à quel stade de son traitement Grabowski a-t-il recommencé à s'intéresser aux enfants, nul ne le sait avec précision. Mais une chose est sûre, Anna Bachmeier ne fut pas la première. En février 1980 déjà, il aborde des enfants dans la rue. Il leur déclare qu'il est peintre et qu'il aimerait faire leur portrait. Il les invite à venir chez lui. Ils pourront y jouer avec ses chats.

Grabowski donne son adresse aux enfants ainsi que le nom de sa fiancée.

La mère d'un des enfants prévient la police. On envoie au 84 Wahmstrasse quelqu'un de la Criminelle qui vérifie les plaques de portes mais ne trouve pas le nom car les enfants l'ont mal enregistré. Il y a bien un nom qui s'en rapproche, mais le policier ne fait pas la liaison. Et, bien qu'il dispose d'une description précise de l'homme, il ne poursuit pas son enquête.

Le sort en est jeté. Anna Bachmeier sera la prochaine victime.

## CHAPITRE X

Tout comme sa future victime, ce 5 mai 1980, un lundi, Klaus Grabowski se réveille trop tard. Il devait prendre son travail à cinq heures sur le port d'Hambourg. Mais il ne s'éveille que lorsque Renate, sa fiancée, se lève. Ils boivent le café ensemble. Grabowski mange un hot-dog. Vers sept heures, il accompagne sa fiancée au bureau. Il emmène son vélo avec lui. Une belle journée de printemps s'annonce.

Grabowski retourne chez lui en vélo. Il nettoie l'appartement. Il se refait du café, en boit sept à huit tasses. Souvent, quand il fait beau, il pédale au milieu des champs, s'allonge dans un pré et rêve. Il se sent en sécurité lorsqu'il est seul. Mais aujourd'hui, une promenade ne lui dit rien. Il s'en veut de ne pas s'être réveillé. Il a besoin d'argent, il n'a plus un pfennig en poche. Il avouera plus tard à la police ce qu'il a pensé en cet instant : « Renate travaille, et tu bois du café. »

Grabowski parcourt les *Lübecker Nachrichten*, tombe en arrêt devant une annonce matrimoniale. Il essaie d'écrire à cette femme qui cherche « un partenaire pour la vie ». Mais il ne trouve rien à lui dire. Il froisse dans ses mains la feuille de papier.

Le réfrigérateur est vide. Il n'y a plus rien à manger,

plus rien à boire non plus. Il prend son téléviseur portatif sous le bras et le porte chez le prêteur sur gage, Theuerkauff. On lui en donne cinquante-cinq marks. Cela se passe vers neuf heures. Puis il achète dans un magasin d'alimentation une bouteille de vin blanc hongrois et deux boîtes de pâtée pour ses chats.

Il retourne au 84 de la Wahmstrasse. Il vide assez rapidement la bouteille de vin. Plus tard, il déclarera que l'alcool l'avait rendu « vide et sans courage ». Le rapport de la police n'en dit guère davantage. Rien sur ses désillusions, sur sa peur de rechuter. Les documents d'état civil m'apprennent que Klaus Grabowski mesurait 1,87 mètre, pesait 77 kilos, avait des cheveux blonds foncés un peu dégarnis, une barbe, des yeux gris-bleu, une denture intacte. Il était droitier, avait des cicatrices de brûlures sur les deux avant-bras. Il se les était faites lui-même en prison pour impressionner ses compagnons.

Il ne supporte plus de rester chez lui. Cet appartement vide lui porte sur les nerfs, ainsi que sa propre inactivité. Il repart à bicyclette. Au self Karstadt, il achète deux autres bouteilles de vin. Dans une papeterie, il se procure des cartouches d'encre, du papier à lettres, un bloc sténo. Sur le chemin du retour, il s'arrête au *Mave-Köse,* un bistrot fréquenté essentiellement par des travailleurs immigrés turcs. Le bistrot est à trente mètres à peine du *Tipasa.* Grabowski boit une bouteille de bière. C'est Gesine D. qui le sert, la mère de Christa. Christa, la meilleure amie d'Anna. Gesine D. habite le même immeuble que Grabowski. Il demande des nouvelles de Christa. On lui répond qu'elle est encore à l'école. Il dit qu'elle devrait monter le voir : il a des albums d'*Astérix* pour elle.

Vers midi, Grabowski quitte le bistrot. Dans la rue, il voit Anna. Elle joue avec son chien Franzl. Grabowski l'a déjà vue souvent — la plupart du temps avec Christa. Il déclare à la police que l'enfant lui a crié « Hello ! » Il lui aurait demandé si elle avait vu Christa.

Anna aurait répondu « non ». Il lui aurait dit alors qu'elle devait aller voir sa mère tout de suite.

Ce sont les déclarations de Grabowski. Il n'est pas sûr que les choses se soient passées ainsi. Gesine D. a un tout autre souvenir de sa rencontre avec son voisin. Elle déclare l'avoir vu entre 13 et 14 heures ; il serait resté un quart d'heure. Il a bu une bouteille de bière. Mais ils n'ont pas parlé de Christa. Elle ajoute qu'il était complètement saoul, « titubait et avait les yeux rouges ».

Peu après le départ de Grabowski, Gesine D. se souvient qu'Anna est venue la trouver. Elle cherchait Christa. Elle l'a envoyée chez elle en lui disant de sonner. Christa y serait peut-être.

On se souvient qu'Anna avait refusé de suivre sa mère au journal pour y faire des photos du bus. Elle préférait jouer dehors. Après toutes ces années solitaires à la campagne, puis sur le bateau, ce quartier de la vieille ville lui semble un véritable paradis. Il grouille d'enfants. Les maisons, aux façades et pignons Renaissance, baroque ou gothique, sont séparées par d'étroits corridors conduisant à des arrière-cours formant un puzzle fascinant. Ici, dans ce « quartier des corridors », les pauvres ont toujours été chez eux. Aujourd'hui, ce sont des Turcs. Beaucoup de copines d'Anna portent des foulards sur la tête et ont les yeux noirs. Pour les enfants, ce quartier est un terrain de jeu idéal.

Anna cherche Christa. Elle descend le Balauerfohr, passe devant un bijoutier, un philatéliste. De l'autre côté de la rue, il y a la vitrine des pompes funèbres, avec ses urnes. Ce sont eux qui enterreront Anna. La fillette traverse la Wahmstrasse, passe devant un fast-food, la voilà déjà devant le numéro 84. Deux minutes à peine, même en traînant un peu.

Le 84 est une maison de deux étages à arcades avec un grenier aménagé. Elle se trouve juste sous la tour de St-Aegidien, une église construite au XIII$^e$ siècle. Avant sa destruction pendant la Seconde Guerre mondiale, c'est en ce lieu que les bonnes sœurs faisaient retraite.

Au cours de mes recherches, j'ai souvent traversé ce quartier, parcouru les ruelles qui furent l'univers d'Anna. Christian m'a montré le bâtiment où a eu lieu l'irréparable. J'y suis retourné souvent par la suite. Mais dès la première fois, j'ai senti que ce ne pouvait être que là. Peut-être est-ce mon imagination. Peut-être n'ai-je plus le recul suffisant vis-à-vis de cette histoire. Mais pour moi, le crime n'a pu avoir lieu que là. Dans ce bâtiment récent maquillé à l'ancienne qui semble tellement plus inhumain que les autres maisons alentour, ces maisons qui, elles, ont l'âge qu'elles affichent.

Marianne Bachmeier est allée là-bas quelques jours après le crime. Elle voulait savoir où sa fille était morte. Elle s'est présentée au concierge comme journaliste. Il lui a montré l'appartement. Marianne se souvient d'un revêtement de sol beige, plutôt sale, d'une potiche avec des branches de châtaignier, d'un fauteuil à bascule. Anna aimait bien les fauteuils à bascule. Percées dans le toit en pente, deux lucarnes. Le soleil entre dans la pièce, Marianne ressent comme un soulagement.

« Quand Anna est morte, me dit-elle, elle a vu le soleil. »

Klaus Grabowski est rentré chez lui. Il ouvre la deuxième bouteille et met un disque des Moody Blues. On sonne. Il appuie sur le bouton de l'interphone. Anna monte les escaliers et demande si Christa est chez lui. Non, Christa n'est pas là, répond-il. Ensuite, la fillette a demandé si elle pouvait attendre Christa chez lui.

C'est du moins ce qu'il affirme. Un vieux couple qui habite dans l'immeuble a une version différente des faits. Tous deux sont sortis peu après 14 heures pour faire des courses. Ils ont vu Grabowski devant l'immeuble. A deux mètres de lui environ, il y avait la petite fille « dont on a vu la photo ensuite dans les journaux ». Aucun témoignage sur la manière dont Anna est entrée dans l'appartement de Grabowski.

A cinq heures moins le quart, Renate M. rentre chez elle. A cette heure-là, Marianne est chez Greta et Yogi, elle fait des projets d'avenir pour Anna.

Dans sa déposition à la police, Renate M. déclare :

« Quand j'ai ouvert la porte, mon fiancé n'a eu aucune réaction, il semblait apathique. Il n'a pas répondu à mon salut et n'a rien dit quand je lui ai demandé ce qui lui arrivait. Je lui ai proposé une tasse de café et il m'a suivi dans la cuisine.

Pendant que je faisais le café, il est resté derrière moi. Je me suis retournée et nous nous sommes regardés, puis il est tombé dans mes bras et s'est mis à sangloter. Et d'un seul coup, il s'est vidé de son secret, il m'a avoué : *J'ai tué quelqu'un.* Il n'a pas précisé qui il avait tué. J'ai eu une peur terrible et je n'arrivais pas à croire ce que mon fiancé venait de me dire. Ensuite, nous nous sommes assis dans le salon et mon fiancé m'a demandé plusieurs fois de suite si je resterais avec lui et si je pourrais continuer à vivre avec lui. Il avait l'air crispé et même agressif, comme s'il voulait absolument savoir si je tenais vraiment à lui. Puis il m'a demandé plusieurs fois : *Tu ne le crois pas, tu ne le crois pas ?*

Mon fiancé m'a expliqué qu'il revenait de faire des courses quand il a été abordé dans le couloir de l'immeuble, près des boîtes aux lettres, par une petite fille. Il paraît que la petite fille a demandé à mon fiancé si elle pouvait venir avec lui dans son appartement. Elle voulait voir son amie Christa qui n'était pas encore rentrée chez elle.

Mon fiancé m'a dit qu'une fois dans l'appartement, il avait bu une bouteille de vin pendant que la petite fille jouait avec nos deux chats. Je me suis mal exprimée, en fait elle ne jouait pas, elle faisait plutôt des acrobaties. Il m'a dit que l'enfant, par exemple, se tenait en équilibre sur la tête. Puis elle aurait demandé à mon fiancé : *Sais-tu où mon père me caresse toujours ?* Là-dessus, mon fiancé répond : *Je ne veux pas le savoir.* Alors, la fillette dit : *Pour me caresser, mon père me donne toujours un mark pour que je ne le dise pas à maman. Tu me donnes aussi un mark ?* Mon fiancé : *Mais je ne t'ai pas caressée du tout.* La fillette : *Mais je peux dire à ma mère que tu m'as caressée. Tu me donnes cinq marks ?* Mon fiancé : *Mais je ne t'ai pas du tout caressée !* La fillette : *Je vais le dire à ma mère, que tu m'as caressée.* »

Ces affirmations invérifiables ont rendu les parents d'Anna furieux. Leur haine pour l'homme qui a tué leur enfant s'en est accrue d'autant.

Suite de l'interrogatoire de Renate M. :

« Puis mon fiancé m'a parlé de l'hôpital psychiatrique de Neustadt, il m'a raconté quelques épisodes de cette époque et il m'a dit qu'il ne voulait plus jamais y retourner. Il suffisait que la petite ouvre la bouche et on le renverrait à Neustadt. Alors, pour éviter un nouveau séjour à l'hôpital, mon fiancé aurait étranglé la petite avec mon collant qui était posé sur une chaise dans la pièce. Quand je lui ai demandé où se trouvait maintenant la fillette, mon fiancé a répondu : *Elle est là.* Il a montré alors une baignoire jaune dans la pièce, recouverte par sa veste de boucher rayée blanc et noir. Comme cette baignoire ne mesure pas plus d'un mètre vingt, j'ai demandé épouvantée : *Mais elle ne rentre pas là-dedans !* Alors, mon fiancé : *Bien sûr qu'elle rentre !* Je n'ai pas pu soulever la veste pour regarder dans la baignoire. Il m'a demandé de ne pas regarder. »

Question de l'officier de police :

« Etes-vous sûre qu'il y avait un corps d'enfant dans la baignoire ?

— Je ne peux pas l'expliquer très bien, mais je l'ai cru. Je n'ai pas remarqué les contours d'une forme humaine sous la veste. Mais il y avait quelque chose dans la baignoire, on voyait même dépasser au pied de la baignoire un grand morceau d'étoffe rouge. Je ne sais pas si c'était du velours. Je n'ai pas remarqué de sang. Je n'arrivais pas à réaliser. J'ai fait plusieurs fois du café. Pendant que j'étais dans la cuisine, mon fiancé a brusquement disparu. »

Vers 20 heures, Renate M. quitte l'appartement. Elle erre sans but à travers les rues. Au *Tipasa,* Marianne attend Christian avec Greta et Yogi. Ils croient qu'il a emmené Anna avec lui à Kiel.

Renate M. prend un taxi et se fait conduire chez un ami, Benno R., agent technique, à qui elle raconte tout. Il lui conseille d'aller à la police. Vers 23 heures, elle appelle un taxi. Renate M. est décidée à se rendre au commissariat. Benno R. se fait du souci pour cette amie qui semble tellement désemparée. Un peu plus tard, il se rend à son tour au commissariat. Là, on n'a pas vu Renate M. Le courage l'a abandonnée en chemin, elle est allée se réfugier chez ses parents à Reinfeld.

Benno R. roule dans la voiture de police jusqu'au 84 de la Wahmstrasse. Personne n'ouvre. Par radio, on prévient le service serrurerie des pompiers. La serrure de sécurité est fracturée. Dans l'appartement, on ne trouve ni Klaus Grabowski ni l'enfant morte. Sur la table du salon, il y a une lettre.

21 h 45

Chérie, où est-tu ?

Je t'attends depuis trois quarts d'heure. Prends-moi dans tes bras, je t'en prie ! J'ai besoin de toi. Parlons, je t'en prie. J'irai te prendre à 22 h 30 au *Zolln* ; si tu n'y es pas, je repasserai par la Stavenstrasse en suivant le même trottoir et je reviendrai ici.

Ton Klauschi.

*P.S.* Ne me laisse pas tout seul, je t'en prie.

A côté de la lettre, il y a le ticket de dépôt n° 32 747 délivré par le prêteur sur gages chez lequel Grabowski a engagé le téléviseur de sa fiancée.

Entre-temps, les parents d'Anna ont déclaré sa disparition à la police. Ils sont de nouveau au *Tipasa* où ils attendent leur fille disparue maintenant depuis dix heures.

Klaus Grabowski est arrêté à 0 h 17 dans le local *Zum Zolln.* Il nie avoir tué une enfant. A 0 h 44 et à 0 h 54, on lui fait deux prises de sang au commissariat. On trouve des taux d'alcool respectivement de 1,45 et 1,3 pour mille. On le fait déshabiller. Chaque vêtement est glissé dans une housse en plastique. Le lendemain matin, on examine le tout au laboratoire. On dresse un inventaire précis de ses affaires personnelles : trousseau de clefs, carte de groupe sanguin, ciseaux manucure, carnet d'adresses, sept marks soixante-quinze d'argent de poche.

Le reste de la nuit, Grabowski le passe au commissariat, dans une cellule.

Marianne, Christian et Greta sont toujours au *Tipasa.* Ils espèrent encore qu'Anna va rentrer le lendemain matin.

L'interrogatoire proprement dit a lieu le 6 mai à neuf heures. Grabowski est conduit dans le bureau K 24. Il avoue immédiatement. On lui apporte un crayon et du papier. Il fait un plan de l'endroit où Anna a été ensevelie, à six kilomètres environ au sud du lieu du crime. Il ne veut pas y aller lui-même.

Christian, qui ne sait toujours rien, appelle de nouveau la police. Il veut savoir si on a une piste. On lui répond qu'on lui envoie quelqu'un.

Klaus Grabowski décrit aux policiers le déroulement de la journée du 5 mai 1981.

Pendant ce temps, les policiers font des recherches entre Oberbüssau et Kronsforde, aux confins de la ville. Sur son croquis, Grabowski a indiqué une déclivité tout près d'un chemin de terre. L'endroit est entouré d'arbres, partout poussent des pissenlits. Une vieille roue de voiture, des tuiles, un vieux rouleau de fil de fer, des piquets à moitié pourris, sont entassés sur un monticule. Les policiers fouillent les détritus en contrebas. La terre est meuble.

Ils découvrent un corps d'enfant en position accroupie, ficelé comme un paquet avec du fil à linge. Dans un buisson, ils trouvent le collant vert-gris avec lequel Grabowski a étranglé sa victime.

Au même moment, le policier explique ce qui s'est passé aux parents d'Anna. Il quitte l'appartement. Yogi apporte des tranquillisants. Tous quatre sont seuls, de nouveau. Christian se souvient de ce moment :

« C'était horrible. La nouvelle s'est répandue dans notre rue comme une traînée de poudre. Les gens étaient debout devant leurs portes, incrédules. Je revois encore le visage horrifié de la marchande de poissons en face. Il n'y a que dans notre bar, à côté, que des clients continuaient à boire et à rire. Je leur en veux encore, aujourd'hui. Quand ils boivent, ils se fichent de ce qui peut arriver. J'aurais voulu que le monde entier s'arrête de tourner. J'ai pensé : Une porte vient de se fermer. La vie ne peut pas continuer. Pour moi, c'était comme si une bombe atomique venait d'exploser. »

Marianne se refuse à passer par la chambre d'enfant. Greta doit d'abord aller chercher toutes les affaires d'Anna ; elle les entasse par terre. Marianne et Christian ne veulent plus habiter là. Greta et Yogi les emmènent avec eux.

Au commissariat, Grabowski déclare :

« Après que la fille est entrée dans l'appartement, je me suis de nouveau assis à la table et j'ai continué à boire le vin de la bouteille entamée. A ce moment-là, elle jouait avec nos deux chats. Elle avait emmené un bâton de réglisse et elle en mangeait. A cause de l'absorption du vin, je me suis senti d'humeur généreuse, car je lui ai demandé sans qu'elle ait exprimé ce vœu si elle voulait un Coca. Elle a dit oui et je lui ai donné un mark pour qu'elle s'achète une bouteille au fast-food qui se trouve à côté de notre immeuble. Elle est revenue quelques minutes plus tard avec un gobelet de Coca. »

Question du policier :

« Pendant l'absence de la fille, des pensées vous sont-elles venues ?

— Non. Quand elle est revenue, elle s'est assise près de moi à la table ronde. Chacun était sur une chaise. Elle a bu le Coca qu'elle avait acheté et a continué à mâcher le bâton de réglisse. Moi, je me suis remis à boire mon vin. Après avoir bu à peu près la moitié du Coca, elle s'est éloignée de la table et a continué à jouer avec les chats. »

Question du policier :

« Pouvez-vous nous préciser à quel moment précisément cela s'est passé ?

— Non. Je peux seulement dire que c'était à l'heure du déjeuner. J'entends par là de une à deux heures (13 à 14 heures).

« Au cours de l'après-midi, je ne sais pas depuis combien de temps elle était chez moi, la fillette a parlé de son école et a fait des acrobaties dans le salon. Elle faisait des chandelles sur la tête et sur les mains sur le canapé du salon. En général, je n'ai pas la notion du temps ; en dehors de boire à la table, je n'ai rien fait d'autre. Autant que je m'en souvienne, elle m'a demandé encore un mark. Mais je n'avais que la somme de quatre marks sur moi environ et je lui ai dit que je voulais encore acheter des cigarettes et que pour cette raison, je ne voulais pas lui donner d'argent. A mon avis, cette réponse a dû lui suffire car elle n'a pas tout de suite manifesté un vœu similaire.

« Mais, au bout d'un certain temps, elle a dit que si je ne pouvais pas lui donner un mark, je pouvais bien lui donner cinq marks. Au cours de l'après-midi, elle m'avait raconté qu'elle recevait cinq marks d'argent de poche par semaine. Mais elle avait déjà dépensé cette somme. C'est sans doute ce qui explique qu'elle m'ait demandé cinq marks. J'étais assez choqué de cette exigence de la fillette. Je lui ai répété que j'avais besoin moi-même de la somme dont je disposais. Après quoi, je ne sais si c'était immédiatement après ou plus tard, elle m'a dit qu'elle allait rentrer chez elle et dire à son père où à sa mère que je l'avais caressée comme son père le faisait. J'ai mordu à l'hameçon et demandé à la fillette comment son père la caressait. Elle m'a raconté que son père la caressait sur le ventre ou sur les jambes. »

Les parents d'Anna ne croient pas un mot de cette histoire. « Ce sont des mensonges dégoûtants », disent-ils. Ils supposent que Grabowski n'a raconté tout ça que pour adoucir sa condamnation.

Grabowski poursuit sa déposition :

« A ce point de la conversation, nous étions assis tous les deux sur le canapé avec un intervalle d'un mètre cinquante entre nous. J'ai senti peu à peu la panique m'envahir parce que la fille voulait quitter l'appartement et dire à ses parents que je l'avais caressée alors que je ne l'avais pas touchée. J'ai fait le raisonnement qu'en raison de mes condamnations précédentes, si la petite fille m'accusait, mes protestations ne seraient pas prises au sérieux par les tribunaux. En outre, j'avais encore devant les yeux l'asile de Neustadt. Je voulais éviter à tout prix d'y retourner. A ce moment-là, je n'avais pas encore l'idée de tuer la petite fille, bien qu'ayant très peur qu'elle dise à ses parents les mensonges dont elle me menaçait.

« Je l'ai suppliée de rester dans l'appartement. Je lui ai même proposé de lui donner un mark. Je n'étais pas prêt à faire une offre supérieure car je voulais conserver trois marks pour les cigarettes. J'ai réussi à la convaincre de s'asseoir à la table. Chacun de nous était de nouveau assis sur une chaise. La petite fille n'a pas insisté pour l'argent. Je peux me souvenir que je lui ai demandé ensuite quand elle devait rentrer chez elle. Elle a dit à quatre ou cinq heures (16 ou 17 heures).

« Je ne peux pas vous le dire mot pour mot, mais j'ai essayé de convaincre la petite fille de ne pas répéter ces mensonges. Pendant qu'elle était sortie, j'avais ouvert la troisième bouteille de vin et l'avais presque terminée sauf un verre. L'alcool m'avait rendu ivre. J'avais du mal à dominer le sentiment de peur panique qui montait en moi. Dans mon subconscient, j'avais toujours Neustadt devant les yeux... »

L'interrogatoire s'interrompt. 12 h 55. L'officier de police K. fait une apparition dans le bureau. Il apporte le repas de midi, qui se compose d'un rôti de viande hachée, de haricots verts, et de pommes de terre en sauce. A sa demande, on porte une tasse de café à Grabowski.

La confession reprend :

« Je me suis levé pour aller chercher quelque chose dans la cuisine. Est-ce que c'était du café ou autre chose, je ne sais pas. Lorsque je suis revenu de la cuisine, la petite fille était toujours assise sur la chaise, me tournant le dos. Il faut que je revienne en arrière pour préciser qu'après m'avoir parlé des caresses, sur le canapé, elle m'a dit qu'elle voulait quitter l'appartement. Elle me menaça de crier si je ne la laissais pas partir. Pour donner plus de poids à sa menace, elle a poussé un cri sans que je l'aie touchée. Après ce cri bref, elle est restée calme et je lui ai dit que lorsque nous aurions parlé encore une fois, elle pourrait partir. Elle était apparemment d'accord.

« Sur la chaise sur laquelle la petite fille était assise, je crois qu'il y avait un pull-over, un mouchoir et un collant de ma fiancée. J'ai posé aussitôt ce que j'étais allé chercher dans la cuisine à côté de la porte. Je ne sais plus ce que c'était. Puis je me suis avancé par-derrière sur la petite fille et j'ai saisi le collant. J'ai jeté le collant par-dessus sa tête et je l'ai serré en croix derrière sa nuque sans changer ma prise. Je n'ai pas constaté de mouvements de défense pendant cet étranglement. Pendant l'étranglement avec le collant, sans que je puisse indiquer un moment précis, la chaise s'est renversée et la petite fille est tombée de côté par terre. J'ai continué à serrer le collant derrière sa nuque. La petite fille était couchée sur le côté et je me suis agenouillé derrière elle. Je maintenais le collant serré.

J'ai perçu un râle, soit quand elle était encore sur la chaise, soit quand elle est tombée à terre. J'ai serré un peu moins fort et elle a poussé un nouveau râle, à peine perceptible. Quand j'ai entendu ce râle, j'ai cessé de serrer avec le collant. La petite fille, qui portait un pull-over court, avait le ventre un peu nu parce que le pull-over était légèrement remonté. Je ne sais pas si elle portait aussi un sous-vêtement. J'ai posé mon oreille contre son cœur pour constater si l'enfant vivait encore. Pour cela, j'avais remonté le pull-over jusqu'au cou. J'ai pu entendre battre le cœur. C'était à peine perceptible.

« J'ai laissé l'enfant dans cet état. Je me suis relevé et je me suis assis sur la chaise, hébété. Je ne peux pas dire ce que j'ai pensé en cet instant.

« Au bout d'un certain temps, peut-être cinq à dix minutes, j'ai relevé la petite fille et je l'ai allongée sur le canapé. A ce moment-là, je n'ai pas remarqué si elle vivait encore. Après l'avoir allongée sur le canapé, je me suis assis de nouveau à la table. J'ai fait un café. Pendant l'absorption du café, j'ai eu une peur folle, je ne savais pas ce que je devais faire. Je ne sais pas non plus ce que j'ai pensé à cet instant. Pendant que je buvais le café ou après, je suis retourné vers la petite fille allongée et j'ai écouté encore une fois les battements de son cœur. Mais je n'ai constaté aucun signe de vie. Un peu après, parce que je ne supportais pas ce spectacle, j'ai placé la petite fille sans vie dans une baignoire jaune en plastique. Cette baignoire en plastique se trouvait dans la salle de bains et je l'avais apportée dans le salon. La petite fille est juste rentrée dans la baignoire. Je l'ai ensuite recouverte avec un de mes tabliers. Il s'agit d'une blouse de boucher bleue. »

Question du policier chargé de l'interrogatoire :

« Monsieur Grabowski, outre l'étranglement avec le collant, vous êtes-vous livré à d'autres exactions sur la petite fille ? »

Remarque d'un autre policier :

« La petite fille a été retrouvée entre-temps grâce au croquis que vous avez donné. Le premier examen du corps a laissé apparaître des blessures au visage dont on peut penser qu'il s'agit de coups.

— Non, il ne s'agit pas de blessures infligées par des coups. Je voudrais donner à ce sujet les explications suivantes : à l'origine, j'avais prévu de jeter la petite fille morte dans le canal. Pour alourdir le corps, je voulais utiliser une vieille machine à coudre que j'avais trouvée dans la décharge. Je conservais la machine à coudre dans le débarras et on doit pouvoir l'y trouver encore. Après avoir ficelé la petite fille, je l'ai placée dans un grand carton, mais il ne s'agit pas du carton dans lequel a eu lieu le transport. Ensuite, j'ai attaché la machine à coudre à la petite fille. Mais le carton n'était pas assez grand pour la machine à coudre ; elle tenait dans la longueur mais pas dans la largeur. C'est pour cette raison que la machine a été posée sur la poitrine et sur le visage de la petite fille. Je dois ajouter à ce sujet que la machine comporte dans sa partie inférieure plusieurs pieds anguleux et que ce sont ces pieds anguleux qui ont dû occasionner les blessures. A cela est venu s'ajouter le fait que j'ai ficelé assez fortement entre eux la machine à coudre et la petite fille avec du fil à linge ; lorsque j'ai voulu transporter le carton, il a heurté un coin de mur, m'a échappé des mains et est tombé sur le sol. En tombant, il s'est ouvert. Toutes ces circonstances ont abouti à ce que j'ai emballé la petite fille dans un autre carton. A mon avis, on ne peut expliquer que de cette manière les blessures observées sur le visage de la fillette.

« Je ne peux pas préciser l'heure, je me souviens seulement que j'ai bu du café et que, pendant ce temps, ma fiancée est apparue dans l'appartement. J'ai eu une crise de nerfs et je lui ai tout raconté. Je sais seulement qu'elle était atterrée. Elle me conseilla de me livrer à la police, ce que je ne voulais pas, car j'avais peur d'une nouvelle incarcération. En outre, j'étais encore sous l'effet de la panique.

« Plus tard, j'ai envoyé ma fiancée dans la cuisine parce qu'elle ne devait pas voir l'enfant. Je voulais lui épargner ce terrible spectacle. Ensuite, comme je l'ai déjà dit, j'ai essayé d'emballer l'enfant avec la machine à coudre dans un carton qui s'est ouvert en raison de sa faible résistance au poids.

« J'avais pris une cordelette à linge dans le débarras et ficelé la petite fille avec. Je ne peux pas dire exactement comment je l'ai ficelée. Mais je sais que j'ai attaché ensemble les mains et les pieds et que j'ai obtenu ainsi qu'elle soit presque en position accroupie. Je crois que je ne l'ai pas attachée au niveau du cou. Dans ce ficelage, je n'ai pas procédé avec méthode, mais n'importe comment.

« Comme ça n'avait pas marché avec la machine à coudre, j'ai mis la petite fille dans un autre carton que j'ai utilisé ensuite pour la transporter. J'ai pris également ce carton dans le débarras. Il est de couleur bleue et blanche et mesure environ 50 × 70 cm. J'y ai mis la fillette. Avec une ficelle d'emballage très fine, j'ai ensuite ficelé le carton de l'extérieur. Ma fiancée était assise dans la cuisine et pleurait. J'avais fermé la porte de la cuisine. Je lui ai dit que j'emmenais la petite fille et que je ne reviendrais pas avant onze heures (23 heures). Je crois qu'elle n'a rien répondu.

« Vers six heures et demie (18 h 30), j'ai pris le carton et je suis descendu à la cave où se trouve ma bicyclette. Plus exactement. j'ai posé le carton dans la cave. Ma bicyclette se trouvait à ce moment-là encore dans la cour. Je suis allé la chercher et l'ai poussée devant l'immeuble, sous les arcades. Puis je suis allé chercher lè carton dans la cave, je l'ai posé sur le porte-bagages et je l'ai fixé avec un sandow. Par-dessus le carton, j'ai placé un sac en toile de jute pour empêcher qu'on puisse regarder à l'intérieur. Puis je suis parti avec pour objectif de jeter la petite fille dans le canal. Je n'avais pas d'endroit précis en vue. J'ai roulé au hasard. En chemin, j'ai abandonné l'idée de la jeter dans le canal. Pourquoi, je l'ignore. J'ai roulé sans but le long du canal. J'ai remarqué des pêcheurs et aussi des promeneurs. Je suis arrivé à proximité de l'écluse ; là, je suis descendu et j'ai appuyé la bicyclette contre le talus. J'ai essayé d'avoir les idées claires. J'avais la gorge complètement sèche, j'ai fumé une cigarette. J'avais peur de rester là, j'ai pris ma bicyclette et j'ai continué ma route.

« J'ai laissé l'écluse à ma gauche et j'ai roulé vers la droite jusqu'au village ; au village j'ai pris à gauche et ensuite pratiquement toujours tout droit. J'étais toujours sous l'empire de la panique et je ne supportais pas l'idée de ce carton sur mon porte-bagages. A l'endroit que j'ai indiqué sur mon croquis, j'ai fait un trou avec un couteau, une sorte de poignard scout. Avec mes doigts, j'ai enlevé la terre. Puis j'ai retiré la petite fille du carton et je l'ai posée ficelée dans cette excavation. Ensuite, j'ai vite remis de la terre dessus. Pour finir, j'ai déposé par-dessus une roue de voiture que j'avais trouvée. »

Interruption du rapport. Note :

« 14 h 25. L'interrogatoire est suspendu, le Dr B. devant, avec l'accord de l'inculpé, procéder à une prise de sang pour détermination de taux hormonal. »

14 h 35. Suite de l'interrogatoire :

« Je suis terriblement effrayé de ce que j'ai fait. Je ne comprends que très lentement que j'ai privé de vie un être jeune. Les parents de la petite fille me font beaucoup de peine, bien que ça semble très banal. J'ai avoué parce que je ne me sens pas en paix avec ma conscience et non pas pour obtenir une peine plus faible. »

# CHAPITRE XI

Georg, le dogue jaune de Yogi et Greta, traverse le jardin en courant pour venir saluer Marianne. Il la renifle. Elle entoure le gros chien de ses bras, elle dit :

— Tu renifles Anna, mon Anna.

Elle presse ses mains sur son ventre et ajoute : Anna est là, elle est dans moi. Georg, brave toutou, tu l'as compris !

Le chien gémit. Marianne va dans le salon, se suspend au téléphone, fait un numéro après l'autre. Son petit carnet d'adresses rouge est à côté d'elle. Le monde entier doit savoir qu'Anna est morte. Ce mardi-là et les jours suivants, elle prend dix « Valium 5 ». Mais la chimie est impuissante à étouffer le feu qui la dévore.

Yogi veut l'arracher au téléphone. Il dit :

— Arrête, c'est de la folie !

— Laisse-la, s'interpose Greta ; elle est en train de chasser son angoisse.

Sans trêve, Marianne crie son message de mort dans le combiné. Pour les trois autres, cela ressemble bientôt à une bande enregistrée. Ils ne peuvent plus le supporter, ils se réfugient dans le jardin. Marianne finit par les rejoindre. Elle regarde le soleil, elle écoute les oiseaux dans les arbres.

Pourquoi le soleil brille-t-il, se demande-t-elle, pourquoi les oiseaux chantent-ils ? Cela ne doit pas être, Anna est morte. Mais peut-être Anna n'est-elle pas morte ? Soudain, elle doute. Peut-être que l'enfant mort n'est pas Anna ? Peut-être qu'elle lui ressemble seulement ? Oui, ce doit être ça.

L'espoir l'habite de nouveau. Yogi et Greta doivent aller examiner l'enfant que la police a trouvé. Il faut qu'ils partent immédiatement.

L'enfant est à l'institut médico-légal. Yogi et Greta s'y rendent en voiture.

Yogi raconte :

« Quand nous sommes entrés, le professeur P. était déjà là avec son équipe. Ils se préparaient à commencer l'autopsie. Sa secrétaire était à côté de lui. Il lui dictait : corps féminin, tant de centimètres de long, pesant tant de kilos. Le visage n'était pas tourné dans notre direction. L'un des médecins a fait pivoter la tête. Nous avons jeté un rapide coup d'œil et nous avons dit : Oui, c'est bien elle. C'était la dernière étincelle d'un espoir fou : qu'il ait pu s'agir d'une autre. »

Greta, à son tour, me livre ses impressions :

« Je n'arrivais pas à partir, je voulais attendre qu'elle se relève. J'ai fixé ses mains, et je pensais : Reste, peut-être qu'elle va se réveiller. Elle avait l'air si vivante. Puis, ils l'ont douchée. Sans la moindre délicatesse, comme si nous n'avions pas été là. »

Dans son rapport d'autopsie, le professeur P. écrit : « La mort de l'enfant est consécutive à un étouffement par étranglement. » Il n'a pas constaté de traces de sévices d'une autre nature.

Le soir, Greta met la table. Elle choisit sa plus belle vaisselle. Argenterie et chandeliers. Tout le monde est assis autour de la table. Chacun pour soi, perdu dans ses pensées. On évite de se regarder. Marianne n'arrive pas à avaler un morceau. Elle fixe son assiette, elle a soudain l'assassin devant les yeux, elle le voit assis dans sa cellule en train de se goinfrer de viande et de pommes de terre.

Yogi ne supporte pas ce silence. Il raconte aux autres que l'avocat présent à l'autopsie lui a dit :

— On devrait pendre ce porc. J'ai aussi une fille.

Greta met un disque, Barclay James Harvest. Marianne l'a souvent écouté avec Anna : *Jesus came down from Heaven to earth, / the people said it was a virgin birth, / the valley is deep and the mountain so high. / If you want to see God, / you've got to move to the other side.*

Christian couve son chagrin. Il n'a pas encore dit un seul mot.

— Yogi, tu es médecin, tu as étudié la médecine, s'écrie Marianne — elle ne peut faire autrement que crier quand elle parle d'Anna — tu devrais savoir. Je t'en prie, dis-le-moi, ne me raconte pas d'histoires. Que lui a-t-il fait ? A-t-elle souffert longtemps ?

Yogi répond :

— C'est allé très vite, crois-moi. Elle a tout de suite perdu connaissance, elle n'a rien senti.

Ça ne console pas Marianne. Des pensées tourmentées, des images torturées la hantent, ne la laissent pas en paix.

Plus tard, quand elle aura abattu Grabowski, elle tentera plusieurs fois de se supprimer, de « rejoindre la route d'Anna », comme elle dit. En prison, elle boit de la cire liquide, avale des éclats de verre, met le feu aux matelas de sa cellule. Chaque fois, on la sauve. Y compris lorsqu'elle tente de se pendre avec une corde qu'elle a confectionnée en torsadant sa chemise de nuit.

« C'est là que je me suis rendu compte, me dit-elle, que mes amis m'ont menti — peut-être pour ne pas me faire mal. La corde m'étranglait de manière atroce, mais je continuait à respirer et je n'ai pas perdu connaissance. J'avais l'impression que mon cerveau allait éclater d'un instant à l'autre. Il a bien dû falloir un bon quart d'heure avant que je m'évanouisse. »

Le mercredi, il faut régler les formalités sans lesquelles un être humain peut certes aller au ciel ou en enfer, mais en aucun cas sous terre. Yogi décharge Christian et Marianne du plus gros. Elle voudrait faire paraître un avis de décès pleine page. Cela semble aux autres excessif et de mauvais goût.

— Le monde entier doit le savoir ! s'écrie Marianne.

Ils se mettent d'accord pour une annonce plus petite. Il n'y a rien à faire pour sortir de l'idée de Marianne que l'avis de décès encadré de noir doit mentionner que Emmi et Moses, les deux chats, ainsi que le chien Franzl, portent le deuil eux aussi (« Notre Anna est morte. Elle a été cruellement arrachée à notre cœur »).

Marianne aimerait qu'Anna soit enterrée dans le plus ancien et le plus beau cimetière de Lübeck, en ce lieu où les parents de Thomas Mann ont trouvé le repos éternel. Pendant des heures, elle court au milieu des tombes dans ce cimetière aménagé en parc. Elle n'arrive pas à choisir l'emplacement. Ce doit être en tout cas sous les arbres. Elle n'aime pas les sapins, les bouleaux non plus. Elle trouve finalement un emplacement sous deux vieux hêtres roux. Le préposé lui dit que la tombe est toujours occupée, mais qu'elle n'est plus payée.

Rien n'est éternel, se dit Marianne, même ici. Si on ne paie pas, il faut partir. Cela la dérange. Mais les hêtres roux sont vraiment beaux. Anna aurait certainement aimé les escalader. Le préposé demande si elle veut une tombe simple ou double.

— Pour Anna et pour moi, répond-elle ; de toute façon, je ne vais pas tarder à la rejoindre.

Marianne dort dans le lit de Greta. Christian dit qu'elle lui manque, qu'il voudrait l'avoir près de lui. Il la prend dans ses bras, elle s'en arrache. La pensée d'un homme, de son corps, la dégoûte. Peut-être, se dit-elle, est-ce la dernière chose qu'a vue Anna, un homme nu.

Christian essaie plusieurs fois de l'avoir. Comme il n'y

arrive pas, il fait des avances à Greta. Elle en parle à Marianne :

— Il est complètement fou. C'est un peu comme s'il voulait vaincre la mort en plantant une nouvelle semence.

Le jeudi après-midi, Marianne et Christian veulent revoir leur enfant. Avant, Marianne passe à l'appartement. Emmi, la chatte, a accouché entre-temps de sept petits chats. Comme Anna s'en serait réjouie ! Elle bouillait d'impatience, demandait sans arrêt quand ils allaient enfin venir au monde.

Marianne demande à sa voisine, « tante Lene », de s'occuper des animaux. Puis elle grimpe au grenier où se trouvent les affaires d'Anna. Elle s'empare d'une poupée, de l'ours Teddy et du livre préféré d'Anna, *Hallo Mister Gott, hier spricht Anna* *. C'est l'histoire d'une petite fille qui se nomme Anna, elle aussi, et qui mourra jeune, elle aussi.

Puis Marianne va au grand magasin du quartier. Elle cherche une robe d'été pour Anna, des bracelets, des chaînes, des barrettes. Elle fourre le tout dans une poche en plastique et part sans payer. Personne ne l'arrête. Je lui demande pourquoi elle a fait ça.

« Tout m'était égal, me dit-elle. J'ai fourré tout ça dans mon sac, voilà tout. Je voulais peut-être même qu'on me surprenne, pour qu'il se passe enfin quelque chose. J'ai pensé que tout le monde devait donner quelque chose. On m'a pris beaucoup plus, à moi... »

L'après-midi, Marianne et Christian vont voir Anna. Greta les accompagne. Marianne n'a jamais vu de mort. Elle me raconte :

« Anna avait l'air si triste. Elle a dû savoir qu'elle allait mourir. J'ai tout de suite vu qu'elle avait beaucoup souffert. Il y avait tant de tristesse sur son visage. Elle était triste de devoir mourir, et aussi que personne ne soit venu la tirer

* Hello, Mister Dieu, c'est Anna qui vous parle.

des griffes de son meurtrier. Même pas sa mère. C'est tout ça que j'ai vu sur son visage.

« J'aurais préféré rester seule avec elle, je l'aurais prise dans mes bras et je l'aurais promenée dans la forêt. J'aurais aimé lui montrer encore une fois comme la nature est belle au mois de mai, quand le soleil brille. Il faisait si froid à la morgue. Anna aussi était toute froide et raide. On avait dû la laisser nue. »

Souvenirs de Christian :

« Nous ne sommes restés qu'une heure dans la chapelle. C'était beaucoup trop court. On aurait dû rester là toute la nuit, ne plus jamais repartir. Elle était là, au fond sur la droite, dans une pièce aux vitraux multicolores. Le cercueil était ouvert. Elle était couverte de fleurs. Des bougies brûlaient. Tout était si faussement féerique. D'abord, je ne l'ai pas reconnue. Ce n'était pas mon Anna. Ils l'avaient apprêtée comme une star d'Hollywood. Du rouge sur les joues, etc. Epouvantable. Le plus atroce, c'était sa bouche. Si triste. Comme si elle avait voulu dire : pourquoi me fais-tu ça ?

Tu es là, tu la regardes. Morte. Il y a peu, tu la tenais encore dans tes bras. Puis, le drame. Cette faille incompréhensible. Tu ne sais rien là-dessus. Pendant tout ce temps, je me demandais : Mon Dieu, que s'est-il donc passé ? D'une manière ou d'une autre, tu devrais le comprendre. Qu'est-il arrivé ? Pourquoi ? Comment en est-on arrivé là ? Que lui a-t-il fait ? Plus tard, Marianne répétait tout le temps : *Quand il l'a trop tourmentée, elle est morte, tout simplement.* J'ai pris ses mains froides dans les miennes. Elles étaient toutes molles, c'est étrange. »

« Marianne est allé la voir, me raconte Greta. Elle lui a dit : *Hello, Anna, oh, tu as vu tes cheveux ? Viens, nous allons arranger ça.* Elle a sorti un peigne et l'a coiffée. Puis elle a dit : *Bien, maintenant, je vais te raconter une histoire pour t'endormir et tu vas t'endormir bien tranquillement.* Tout se passait comme si Anna avait été encore là. Elle s'est assise à côté du cercueil et a lu l'histoire ; sa voix ne tremblait pas.

Puis, nous l'avons changée. Elle avait une robe blanche. Ça ne lui allait absolument pas. Nous avons enfilé un pull-over de couleur par-dessus et la jupe. Nous lui avons mis des fleurs dans les cheveux et des petites étoiles brillantes. Nous avons posé dans le cercueil une photo d'Aaron, son berger allemand, l'ours Teddy, la poupée et le livre. Je me suis assise par terre et j'ai fumé une cigarette. Pendant tout ce temps, Christian est resté là sans rien dire. Il se contentait de pleurer, de temps en temps il marmonnait quelque chose entre ses dents. Puis Marianne est sortie en courant, elle a traversé le cimetière en criant : *Anna, viens me chercher, viens me chercher.* Christian répétait tout le temps : *Ce n'était pas Anna.*

J'ai pris Marianne dans mes bras et nous sommes sorties. »

Le même jour, Klaus Grabowski est transféré à la prison de Lübeck-Lauerhof. Dès le premier jour, il est haï par les autres détenus. Quand ils passent devant sa cellule, ils martèlent la porte à coups de poing et hurlent :

— On te fera la peau, boucher d'enfant !

Grabowski a maintenant un avocat. Celui-ci déclare à la police qu'à dater de ce jour, son client ne fera plus aucune déclaration.

Le soir, Marianne et Christian retrouvent leurs meilleurs amis au *Tipasa.* Ils veulent enregistrer la musique pour l'enterrement d'Anna qui aura lieu le lendemain. D'habitude, il y a foule à cette heure-ci, les garçons ont du mal à se frayer un chemin au milieu des clients avec leurs plateaux. Ce soir-là, le local est presque vide. Les quelques présents semblent un peu perdus. Certains chuchotent entre eux. Christian a éteint les lampes, il y a des bougies sur toutes les tables. Ali et Moustapha, les deux Pakistanais, sont debout à côté du four à pizza, timides et réservés.

Marianne est survoltée. Depuis la mort d'Anna, elle

ressent des douleurs soudaines dans le cou et dans la poitrine, des douleurs si violentes qu'elle a l'impression que quelqu'un lui a planté un crochet dans la chair ct tente de l'arracher. Yogi l'examine mais ne trouve rien.

Pour la cérémonie, Marianne souhaite de la *pop and soul music,* « de beaux morceaux harmonieux, calmes et sereins ». Elle dit à ses amis :

— Demain, c'est le jour d'Anna. Il faut qu'elle soit heureuse, une dernière fois. Nous allons nous habiller de couleurs gaies et nous parer pour Anna. Je veux un enterrement comme elle l'aurait aimé.

Christian, qui n'a pas ouvert la bouche de si longtemps, dit qu'il trouve vraiment kitsch un cercueil blanc avec des roses rouges. Il aurait préféré le peindre avec les doigts. Et puis, tout ça le dégoûte. Il aurait préféré enterrer Anna tout seul avec Marianne et creuser lui-même la terre. Oui, il aurait volontiers fait ça pour Anna.

Marianne veut se jeter sur lui. Greta la retient. Elle crie à Christian :

— Tire-toi ! Je ne peux plus supporter tes yeux épouvantés !

Yogi s'interpose :

— Porte le deuil en silence, Marianne.

Elle court derrière le comptoir, met la chaîne stéréo à fond. La musique explose. Un haut-parleur se détache du mur et tombe sur le piano dont il fend le couvercle. Quelqu'un arrête la musique. Marianne pleure.

— C'est un signe de Dieu, dit-elle, nous ne devons pas nous disputer en cet instant. Arrêtons tout ça.

Plus tard dans la soirée, tout le monde a bien bu, on danse. Pourtant, chacun est bien silencieux. La plupart pleurent. Marianne est avec Uwe H., un ami de Christian dans sa jeunesse. Il est peintre et sculpteur. Il dit :

— Je trouve ça répugnant, ce que vous faites.

De sa part, elle l'accepte. Il semble si calme, si peu concerné. Il lui fait du bien.

Elle prend une bouteille de vin derrière le comptoir et sort avec lui. Dehors, le jour se lève. Ils roulent en voiture dans la campagne, sur une petite route le long du lac de Hemmelsdorf. Ils s'arrêtent devant des jardins privés et cueillent les plus belles fleurs. Bientôt, le coffre est plein. Des fleurs pour Anna, des fleurs pour sa tombe.

« Nous avons foncé en direction du jour qui se levait, me raconte Marianne. Droit dans le soleil qui nous aveuglait. Je savais qu'aujourd'hui j'enterrais mon enfant. Et pourtant, j'étais heureuse. Les pilules et l'alcool, c'était un trip dément. La tension des derniers jours, cette pression, tout cela était parti. On a roulé au moins deux heures, de ci, de là. A Travemünde, on est descendus jusqu'à la plage. J'ai couru dans l'eau, loin à la rencontre du soleil. Je n'ai même pas remarqué que j'étais trempée. Puis nous nous sommes assis sur la plage et nous avons bu du vin.

Il n'y avait personne. Sauf une femme. Elle était assise sur un tabouret pliant et regardait le paysage. Ça collait tout à fait avec mon état d'esprit. Je lui ai demandé : Que faites-vous, ici ? Elle m'a répondu qu'elle regardait les bateaux qui entraient et sortaient du port. J'ai dit : Aujourd'hui, j'enterre mon enfant.

Quand nous sommes repartis, la pression était là, de nouveau. La souffrance. Je savais que ces instants hystériques allaient revenir. Et puis, de tous côtés, ces regards de reproche, surtout les yeux de Christian. Je me suis mise à trembler et j'ai avalé un Valium. »

L'enterrement a lieu le vendredi à une heure de l'après-midi. Le soleil brille. Depuis la mort d'Anna, le soleil brille tous les jours. Tout le monde est assis par terre autour du cercueil, formant un cercle coloré, comme pour une fête printanière. Ali distribue les bâtons d'encens. Les amis ont placé des haut-parleurs derrière les colonnes dans la chapelle. La musique retentit : celle qu'a souhaitée Marianne pour Anna, les Pink Floyd, King Crimson, Barclay James

Harvest. Marianne presse sa tête contre le cercueil, caresse le bois blanc de ses mains. A côté d'elle, Christian porte le deuil tout seul.

Un prêtre vient. Il veut prier pour Anna. Il veut aussi prier pour l'homme qui l'a tuée. Yogi l'entraîne à l'écart.

# CHAPITRE XII

Dix mois plus tard, 6 mars 1981. Troisième jour du procès contre Klaus Grabowski, accusé du meurtre d'Anna Bachmeier. Ce matin-là, avant même que le tribunal se réunisse, Mariane Bachmeier prend l'affaire en main. On peut fermer le dossier Grabowski et en ouvrir un nouveau — une demi-heure à peine après cette exécution sommaire. Les coups de feu dans l'enceinte du tribunal ont ébranlé la justice de Lübeck, mais ses rouages continuent de fonctionner. Le nouveau dossier s'ouvre sur une note du procureur général Christian Ankermann:

« Immédiatement avant le début de l'audience de ce jour concernant l'affaire 17 Js 366/80 — StA Lübeck contre Klaus Grabowski inculpé de meurtre, la restauratrice Marianne Bachmeier a pénétré dans la salle de la cour d'assises du tribunal de Lübeck. En présence de nombreux témoins, elle a tiré, à l'aide d'un pistolet en sa possession, plusieurs coups de feu successifs sur Klaus Grabowski, assis sur le banc des accusés et ne lui faisant pas face, qui l'ont atteint mortellement. Le Prof. Dr P., directeur de l'institut médico-légal de l'école supérieure de médecine de Lübeck, a constaté le décès à 10 h 05. »

La nouvelle affaire Bachmeier sera affectée du numéro de dossier 17 Js 212/81.

De nombreuses agences de presse annoncent le fait divers. Le diable se déchaîne dans les rédactions des journaux. Personne ne s'était intéressé au meurtre d'un enfant. Mais tout le monde veut interviewer la femme qui a vengé sa fille. Ce sont de tels événements qui font les gros titres. La « mère justicière » est née. Une cinquantaine de journalistes et de photographes se ruent à Lübeck. Les deux chaînes de télévision envoient leurs équipes de tournage.

A 11 h 30 commence à Lübeck l'audition des témoins. La police criminelle a du travail en perspective. Il est rare que de tels crimes aient autant de spectateurs, hormis dans les salles de cinéma. Gerd Sch., fonctionnaire chargé de la police de l'audience, déclare :

« Aujourd'hui, j'ai pris mon service vers 7 h 30. 20 minutes environ avant le début de l'audience, j'étais allé déposer dans la salle les actes et les pièces du dossier. Puis, j'avais refermé la salle. Un peu auparavant, Mme Bachmeier était apparue avec son avocat. Mais, à ce moment, Mme Bachmeier n'avait pas encore pénétré dans la salle d'audience, elle se trouvait près de la porte. J'avais demandé à son avocat s'il voulait rester dans la salle, mais ce n'était pas le cas. Aussi, après avoir déposé les éléments de son dossier sur la table, il est ressorti. Puis, j'ai refermé la porte.

Je suis ensuite monté à l'étage au-dessus, mais je dois ajouter qu'auparavant, avec mon collègue Sp., j'avais introduit l'accusé dans la salle d'audience. Mon collègue est resté à ses côtés.

A dix heures moins trois, j'ai ouvert la porte de la partie réservée au public. Tandis que je redescendais pour ouvrir la porte de derrière, j'ai entendu plusieurs coups de feu. Je pense avoir entendu dans l'escalier deux ou trois coups de feu. Au moment où j'ai ouvert la porte donnant sur la partie réservée au public, je pense avoir entendu un coup de feu supplémentaire. Mais il y en avait peut-être deux. Je ne voudrais pas m'avancer davantage.

Si l'on me demande qui a ouvert la porte de la salle d'audience, je pense que ce ne peut être que M. Sp. ou la greffière.

Dans les grands procès, il est conseillé, et c'est généralement de cette manière que je procède, de ne faire entrer le public dans la salle que quelques minutes avant le début de l'audience. C'est également pour cette raison que je suis sûr que les coups de feu ont éclaté deux ou trois minutes avant dix heures. A ce moment, comme je l'ai déjà dit, je me trouvais entre la porte d'en haut et la porte d'en bas de la partie réservée au public.

Je n'ai pas pu voir tirer les coups de feu. Lorsqu'après avoir entendu les détonations, j'ai couru dans la salle d'audience, j'ai vu, un peu en retrait de la porte ouverte de la salle des témoins, Mme Bachmeier debout à côté de son avocat. Un pistolet se trouvait à terre. J'ai ramassé cette arme que je peux seulement définir comme une arme de poing... »

Déclaration du second fonctionnaire chargé de la police de l'audience, M. Werner Sp. :

« Mon collègue Sch. et moi-même sommes allés prendre M. Grabowski au dépôt des prévenus et nous sommes rendus avec lui selon l'itinéraire prescrit à la salle 157 au premier étage du palais de justice où devaient avoir lieu aujourd'hui, à dix heures, l'audition des témoins et la suite des débats du procès contre Grabowski. Par " itinéraire prescrit ", j'entends que le prévenu a été conduit à la salle 157 sans pouvoir entrer en contact avec le public ou avec les témoins. Je peux donc exclure que M. Grabowski ait été vu par Mme Bachmeier pendant qu'il se rendait à la salle 157. Je voudrais également préciser que le prévenu Grabowski a été conduit par nous à la salle 157 sans menottes.

Nous avons pénétré dans la salle 157 par l'entrée réservée aux accusés. Cette salle se trouve au premier étage du palais de justice, dans la direction de la Travemünde Allee.

Lorsque nous sommes entrés dans la salle, personne ne s'y trouvait encore. Nous avons emmené M. Grabowski sur le banc des accusés. Il y a pris place. Il regardait dans la direction du bureau du juge. M. Grabowski était calme, comme toujours.

Après que mon collègue Sch. eut quitté la salle 157, je ne peux pas dire à quelle heure exactement, mais je pense que ce devait être peu après dix heures, il n'y avait plus dans la salle que l'accusé et moi-même ainsi que la greffière Mme R. qui était entrée entre-temps. Mme R. se trouvait près de la fenêtre donnant sur la Travemünde Allee. Je me dirigeai vers cet endroit sans perdre des yeux l'accusé afin d'empêcher toute éventuelle tentative de fuite. A ce moment, il y avait entre l'accusé et nous un intervalle d'environ cinq mètres.

Mon collègue Sch. avait entre-temps ouvert la porte donnant accès à la partie réservée au public et a fait pénétrer une classe qui voulait suivre le procès. Les enfants, âgés de 14 ans environ, ont pris place dans les rangées réservées aux spectateurs. M. Sch. a ouvert également la porte du rez-de-chaussée et le public est entré dans la salle 157 pour y prendre place.

Pendant tout ce temps, j'avais accordé toute mon attention à l'accusé. Aussi, je ne peux pas dire à quel moment et dans quelles circonstances Mme Bachmeier est entrée dans la salle.

Soudain, j'ai perçu des coups de feu. Au deuxième ou troisième coup de feu, j'ai tourné mon regard vers la personne qui tirait et j'ai constaté qu'il s'agissait d'une jeune femme. Elle se trouvait près de la table où se tiennent ordinairement les fonctionnaires chargés de la police de l'audience. Entre cette personne et Grabowski il y avait, selon mon estimation, un intervalle d'environ trois mètres. J'étais resté à ma place et observai de là la suite des événements.

Je peux exclure que cette personne ait tenu le pistolet

de ses deux mains. Mais je ne peux pas dire si elle tenait l'arme de la main gauche ou de la main droite. Je suis en mesure d'affirmer que plusieurs coups ont été tirés à une cadence rapide. Je ne peux pas dire combien.

En raison de la succession rapide des événements, je ne peux pas décrire non plus la position de tir exacte de la personne. En tout cas, elle était debout. Pendant les coups de feu, je pense qu'elle n'a rien dit. Je suis resté immobile de frayeur. Après avoir tiré, la personne a quitté la salle 157 par l'entrée principale.

Selon mes souvenirs, l'accusé Grabowski est alors tombé de sa chaise. Plusieurs médecins qui avaient été convoqués à titre d'experts par le tribunal se sont alors pressés autour de lui. Je dois également mentionner que plusieurs juges avaient pénétré entre-temps dans la salle d'audience... »

Déclaration de la greffière Helga R. :

« Pendant que je préparais mon matériel en vue de la rédaction des notes d'audience, l'accusé Grabowski, accompagné de deux fonctionnaires (M. Sp. et M. Sch.) fut introduit dans la salle d'audience par la porte latérale. Au même moment, une classe d'élèves est entré dans la salle.

Après que j'eus mis en ordre mes papiers, je me rendis à la table du procureur général pour lui remettre l'ordre du jour. La table du procureur se trouve contre la baie vitrée de la salle d'audience. J'étais donc tournée en direction de la porte. J'ai alors vu Mme Bachmeier debout à peu près à hauteur du banc des accusés. Mme Bachmeier tendait le bras et tenait un pistolet dans la main. Je ne peux pas dire s'il s'agissait de la main droite ou de la main gauche. Elle a tiré aussitôt plusieurs coups de feu sur l'accusé Grabowski qui se trouvait à ce moment-là sur le banc des accusés. Je ne peux pas dire combien de coups exactement Mme Bachmeier a tirés. Je suppose que ce devait être quatre ou cinq. Immédiatement après les détonations, je me suis rendue dans la salle des délibérations qui se trouve derrière le banc des accusés et j'ai prévenu les juges présents. Je suis ensuite restée dans la salle des délibérations de sorte que je ne peux rien dire sur la suite des événements... »

Déclaration du juge Johannes H., présidant le procès contre Grabowski :

« Je me trouvais encore, quelques minutes avant dix heures, dans la salle des délibérations de la cour d'assises lorsque j'ai entendu soudain plusieurs coups de feu à intervalles brefs. Je pense qu'il y en avait cinq ou six. Dans la salle des délibérations, la chambre était déjà réunie. J'ai ouvert la porte de la salle d'audience et j'ai vu l'accusé assis dans sa position habituelle. Pendant les audiences, il tournait toujours le dos au public. J'ai vu ensuite Mme Bachmeier, à quelques mètres de lui, à proximité de la porte d'entrée. Elle avait le pistolet dans la main. Je ne peux plus dire aujourd'hui si c'était dans la main droite ou dans la main gauche. La greffière se tenait à proximité de la place du procureur général. Le professeur K., expert près le tribunal, était au milieu de la salle. Non loin de lui, le fonctionnaire Sp. chargé de la police de l'audience. Je n'ai pas vu le second fonctionnaire. Dans la galerie, il y avait dix à quinze élèves.

Je suis resté quelques secondes sur le pas de la porte, pétrifié. D'abord, j'ai cru à une mauvaise plaisanterie. Puis, j'ai remarqué que l'accusé Grabowski portait la main à sa poitrine. Il s'est légèrement tourné vers la droite de sorte que son regard était dirigé vers la baie vitrée. Je crois qu'il est resté ainsi quelques secondes. Son comportement me laissa craindre qu'on avait tiré sur lui à balles réelles. Il laissa tomber sa main de sa poitrine et on put voir du sang couler à travers sa chemise. Il était toujours assis. Au même moment, j'ai voulu voir ce qu'était devenue Mme Bachmeier. Mais de nombreuses personnes avaient pénétré entre-temps dans la salle. Je l'avais seulement aperçue quand j'étais entré. Je n'ai pas remarqué comment elle a quitté la salle...

Pendant que l'accusé était encore assis, j'ai appelé un médecin. J'ai crié tout haut : *Y a-t-il un médecin ici ?* Depuis la galerie, un jeune homme s'est manifesté, il m'a crié qu'il descendait immédiatement. J'ai crié en direction de la galerie que les écoliers devaient quitter la salle.

Peu après, l'accusé a glissé lentement de sa chaise par terre. J'étais tout près. Il a remué la bouche, mais n'a prononcé aucun mot. Le jeune homme et un généraliste, le Dr M., étaient accourus. Je connaissais le Dr M. qui comparaissait comme témoin à ce procès. Tous deux se sont occupés de l'accusé Grabowski tandis que j'essayais d'appeler les urgences au téléphone. Je n'obtenais pas la tonalité, peut-être avais-je oublié de composer le zéro avant le 110. J'appelai alors le central et demandai qu'on fasse venir d'urgence un médecin et une ambulance... »

A 10 h 04, le procureur général prévient la brigade criminelle de Lübeck. Le commissaire N. prend l'appel. C'est lui qui avait appris à Christian et Marianne la mort de leur fille. N. envoie trois de ses hommes au tribunal. Voici leur rapport :

« Le lieu du crime est la salle n° 157, au premier étage du palais de justice. Voici la description de la pièce, de gauche à droite, dans le sens des aiguilles d'une montre. A gauche de la porte d'accès à double battant, une petite table avec une chaise. Puis, le banc des accusés. Il est entouré d'une balustrade et séparé en deux par une cloison centrale. On y trouve huit chaises. A l'avant de la balustrade, une tablette sur laquelle est posé un micro. A terre, le cadavre d'un homme. Un peu plus loin, devant le mur orné de motifs en céramique, la table du juge. Entre le mur et la table du juge, cinq sièges à armature métallique recouverts de tissu marron. Sur la table, devant la place de la greffière, un téléphone. Six micros en tout sont posés sur cette table.

Au fond, la grande baie vitrée qui prend toute la largeur de la pièce et comporte huit grandes vitres.

Le corps a été trouvé couché sur le dos. La tête est

légèrement inclinée vers la gauche, les yeux et la bouche sont entrouverts. Le bras droit est plié à angle droit de sorte que la main est posée à hauteur de la poitrine. Les doigts de la main droite sont légèrement pliés vers l'intérieur. Le bras gauche est allongé le long du corps, la main à hauteur du bas-ventre. Les deux jambes sont complètement étendues, les pointes des pieds vers le haut.

Vêtements : chemise blanche ouverte sur la poitrine. Sur le côté gauche, à hauteur du cœur, on voit une tache de sang. Par-dessus la chemise, une veste de laine marron clair. En bas, un pantalon de velours beige. Le pantalon est tenu par une ceinture de cuir beige. Les pieds sont chaussés de mocassins.

Par suite de l'intervention des médecins venus porter secours à la victime, le corps n'est plus dans sa position initiale. En retournant le corps sur le ventre et en remontant la veste et la chemise, on voit la marque de six balles dans le dos, à hauteur des omoplates.

Arme présumée : pistolet Pietro Beretta Gardone VT, val. 22 L.R. Pas de numéro lisible. A cet endroit ont été martelés huit zéros le rendant illisible. Dans la crosse se trouve un chargeur vide, le cran d'arrêt est relevé. »

Vers 12 heures, Grabowski est transporté hors du tribunal dans la baignoire (cercueil de zinc). Les premiers photographes sont là. Le corps arrive à l'institut médico-légal où le professeur P. pratique l'autopsie. C'était lui, déjà, qui avait examiné le corps d'Anna.

Les auditions se poursuivent. Le professeur K., qui devait donner ce jour-là son point de vue de psychiatre sur Grabowski, était dans la salle quand Marianne a tiré. Il explique :

« Quand les coups de feu ont éclaté, Grabowski était assis, tournant le dos à la porte, le visage orienté vers la table du juge, la tête en appui sur les bras. Il semblait plongé dans ses pensées. Au moment des détonations, le plâtre a volé comme de la neige dans la pièce. »

Ewald Sch., étudiant en médecin, prépare un doctorat. Comme sujet de thèse, il a choisi la castration. Il a déjà examiné Grabowski en prison après son arrestation. Il assiste au procès au titre de représentant de la section « recherches et consultations médico-sexuelles » de l'université de Kiel. Il déclare :

« Je ne pourrais pas dire avec précision à quel moment je suis arrivé dans la salle du procès. Il y avait déjà beaucoup de monde devant la porte, des gens qui voulaient manifestement suivre le procès. J'ai immédiatement aperçu une femme, debout à droite dans l'avant-salle, où se trouve un banc. Sur ce banc étaient posées des pochettes transparentes contenant des photos couleur d'une petite fille. La femme regardait ces photos. Elle les portait à hauteur de ses yeux puis les reposait sur le banc. J'ai pensé qu'il pouvait s'agir de la mère de la victime...

J'ai vu ensuite arriver Grabowski dans la salle par le couloir de gauche, et je décidai de demander si je pouvais lui dire quelques mots. J'ai ouvert la porte de la salle d'audience et ai glissé la tête à l'intérieur. J'ai demandé au fonctionnaire qui venait à ma rencontre si je pouvais aller saluer Grabowski, mais il ne m'y autorisa pas...

Je retournai dans le couloir. La femme regardait toujours les photos de la fillette. J'ai remarqué qu'elle avait une expression assez dure sur le visage. L'avant-salle (la salle des témoins) était presque vide. Je ne peux pas dire si de nouvelles personnes étaient entrées entre-temps. Tout d'un coup, la femme ou l'homme qui avait déjà échangé quelques mots avec elle dit : *Entrons, maintenant !*

La femme a jeté les pochettes de photos sur le banc et a pénétré dans la salle d'audience. Je ne sais plus si elle est entrée seule ou avec l'homme qui l'accompagnait. J'avais pris en tout cas la décision d'entrer à mon tour dans la salle. La porte s'était déjà refermée derrière la femme.

Au moment où j'ai voulu l'ouvrir, j'ai entendu toute une série de coups de feu. Je crois qu'il a dû y en avoir six ou sept. Les coups de feu se sont succédés à intervalles d'une seconde environ. Il est possible que les deux derniers coups aient été un peu plus espacés.

La femme est sortie de la salle du tribunal. Elle avait ouvert la porte normalement et est sortie d'une démarche normale dans le couloir. J'ai pu regarder son visage et j'ai eu l'impression qu'il y avait dans son expression un sentiment de contentement. Elle a jeté une arme sur le sol.

Puis elle est restée debout dans le couloir sans manifester un émoi particulier. Aussitôt après, plusieurs personnes se sont précipitées hors de la salle d'audience et l'ont emmenée, me semble-t-il, à l'extérieur. Les photos étaient toujours sur le banc. Pour ne pas qu'elles soient perdues, je les ai prises avec moi et je les remets à la justice pour les besoins de l'enquête. »

L'avocat Michael K. représentait Marianne Bachmeier dans le procès contre Grabowski. Il déclare :

« Mme Bachmeier est entrée avec moi dans la salle par la porte ouverte. Je n'en pas très sûr, mais je crois que je l'ai précédée de quelques pas dans la salle. Je me suis dirigé vers ma place et j'ai levé les yeux sur ma droite. La partie réservée au public se remplissait. Je crois que Mme Bachmeier se trouvait un peu à gauche derrière moi.

J'ai entendu soudain quatre à cinq coups de feu qui furent tirés à de brefs intervalles. Je n'ai pas entendu prononcer de mots. Je me suis rapidement retourné. Mme Bachmeier s'était un peu avancée vers le milieu de la salle et regardait dans la direction du banc des accusés. Je l'ai vue baisser le bras droit. Dans la main, elle tenait une arme.

Je me suis précipité aussitôt vers elle et je l'ai saisie à bras-le-corps en maintenant fermement ses deux bras. Je crois me souvenir que je l'ai ensuite poussée, ou plutôt conduite hors de la salle. La porte était toujours ouverte.

Je crois qu'un fonctionnaire chargé de la police de l'audience est venue aussi dans la salle et m'a aidé à emmener Mme Bachmeier dans une arrière-salle. Je suppose que les gardiens de l'ordre lui ont également pris son arme, mais je ne peux pas l'affirmer. En tout cas, le fonctionnaire a posé cette arme sur le rebord de la fenêtre de cette pièce.

Mme Bachmeier pleurait et m'a donné l'impression d'être très troublée. Elle m'a dit textuellement : *J'ai honte, j'ai tellement honte.* Elle est restée assise là plus de cinq minutes, puis elle m'a prié d'aller lui chercher des cigarettes, ce que j'ai fait. »

Dès le premier jour, les élèves de 9e C de la *Brüder-Grimm-Hauptschule* avaient assisté au procès avec leur professeur. Auparavant, ils avaient abordé en cours le problème de la peine de mort. Douze étaient pour, deux seulement contre. Depuis qu'ils ont vu comment meurt un homme, un seul d'entre eux est encore favorable à la peine de mort.

Jörg D., un élève, déclare :

« Cinq minutes environ avant l'ouverture de la salle d'audience par un fonctionnaire du palais, nous avons grimpé les escaliers. J'étais assis dans la galerie avec quelques camarades. Comme nous faisions beaucoup de bruit, un fonctionnaire a levé les yeux vers nous. Je l'ai regardé aussi et, à ce moment-là, j'ai entendu plusieurs coups de feu. J'ai aussitôt regardé l'accusé. Il a tressauté et a essayé de se retourner. Je l'ai vu glisser lentement de sa chaise. Pendant tout ce temps, je n'ai pas vu Mme Bachmeier. Je n'ai pas entendu non plus si elle disait quelque chose. Puis le juge est entré dans la salle et nous a demandé de sortir. »

Martina Z., sa camarade de classe, déclare à son tour :

« J'étais assise dans la galerie avec quelques camarades de classe quand un fonctionnaire du palais a ouvert la salle. J'ai d'abord observé la salle, puis l'accusé. C'est alors que j'ai entendu plusieurs coups de feu, tirés à cadence très rapide. J'ai continué à regarder M. Grabowski. J'ai remarqué que des éclats tombaient du plafond. Grabowski a porté la main derrière sa tête. Il a essayé de se retourner. Puis il est tombé en avant. Ensuite, la fiancée de Grabowski est entrée dans la salle et a crié : *Klaus !* Puis on nous a ordonné de quitter la salle. »

Au deuxième étage du palais de justice se trouvent par hasard deux policiers. Ils doivent témoigner dans une autre affaire. Quand ils entendent les coups de feu, ils dégringolent les escaliers jusqu'à la salle 157.

Déclaration du policier St. :

« Nous avons immédiatement fouillé l'endroit. Il a été constaté que dans la salle 157 une personne du sexe masculin se trouvait à terre, blessée. Le prof. Dr P. lui a donné les premiers soins d'urgence. Il a constaté la mort à 10 h 05. Nous avons procédé à l'interpellation provisoire de la femme que nous avons conduite dans une pièce voisine de la salle 157. Nous nous sommes également emparés du pistolet que nous avons remis au président du tribunal. C'est lui qui a prévenu la police criminelle de Lübeck.

Mme Bachmeier est restée sous notre surveillance jusqu'à l'arrivée de la Criminelle. Pendant ce laps de temps, elle n'a fait aucune déclaration sur le déroulement des faits. Elle a fumé plusieurs cigarettes. Après examen de ses affaires personnelles, aucun objet n'a été trouvé ni confisqué. Son avocat est resté présent pendant tout ce temps. »

Le juge Günther K. doit, ce jour-là, présider une affaire dans la salle 161, également au premier étage. Lorsqu'il s'y rend, l'affluence dans le couloir le surprend, mais il ne sait pas encore ce qu'il s'est passé. Déclaration du juge K. :

« J'ai traversé la salle d'audience 161 pour me rendre dans la salle des délibérations attenante. Dans cette salle était assise une jeune femme que j'avais déjà vue plusieurs fois en haut à la cantine du palais. Il y avait aussi dans cette pièce un ou deux policiers en uniforme. L'un des fonctionnaires du palais a déclaré que la femme devait rester ici, qu'il s'était passé quelque chose de spécial. Puis il a quitté la pièce.

Pour savoir s'il était possible de faire sortir cette femme

de la salle des délibérations, je lui ai posé quelques questions brèves. Il faut préciser que le fonctionnaire du palais avait parlé de coups de feu ou de quelque chose de ce genre. J'ai demandé : *Qui a tiré ?* Elle m'a répondu : *Moi.* Ma question suivante : *Pourquoi ?* Réponse : *Il a assassiné ma fille.* Ma question suivante : *Où avez-vous tiré ?* Réponse : *Je voulais lui tirer dans le visage, mais je l'ai atteint dans le dos.*

Notre dialogue s'est arrêté là. La jeune femme m'a paru très calme. Elle était assise à ma droite à la table de la salle des délibérations. Je ne sais pas si elle m'a regardé. »

Barbara K. est journaliste indépendante. Jusqu'ici, ses comptes rendus du procès Grabowski n'ont été publiés que par le *Kieler Nachrichten.* Après l'exécution du prisonnier, tous les journaux s'arrachent sa version des faits. Barbara raconte :

« Avant le jour où Klaus Grabowski a été abattu par la mère de la fillette assassinée, il y avait eu deux séances. J'ai assisté aux deux. Si l'on me demande si j'ai remarqué lors de ces débats quelque chose de particulier, je dirai que ce qui m'a frappée, c'est le comportement de la mère. J'ai déjà assisté à des procès similaires. Et je dois dire que le comportement de Mme Bachmeier m'a paru inhabituel. J'ai trouvé surprenant la part active qu'elle prenait au procès. Ainsi, elle tirait profit de la moindre occasion pour prendre connaissance des dossiers, notamment des photos de l'autopsie et de l'endroit où avait eu lieu le crime. J'ai acquis la conviction que Mme Bachmeier cherchait à forcer le côté théâtral de ce procès. Cela tient peut-être à sa personnalité. Je dois aussi mentionner à ce sujet que, pendant les débats, une photo de sa fille était posée devant elle.

Je me suis approchée de la porte de la salle d'audience pour y entrer. J'étais encore à deux mètres environ de cette porte. Il y avait beaucoup d'affluence et je n'ai reconnu personne en particulier. Soudain, j'ai entendu plusieurs bruits se succédant à cadence rapide que je n'ai pas identifiés immédiatement comme des coups de feu. Inconsciemment, j'en ai compté six. Immédiatement après, Mme Bachmeier est sortie par la porte. Elle avait l'air parfaitement calme. Elle tenait l'arme à feu dans une main, sa main était ouverte. Elle a jeté l'arme sur le sol de pierre. L'arme a glissé sur quelques mètres. Son geste semblait empreint de décontraction. Je n'ai pas fait attention à son visage et je ne peux rien en dire. J'ai entendu quelqu'un appeler un médecin dans la salle.

On a emmené immédiatement Mme Bachmeier. Je ne l'ai plus revue. Quelques minutes plus tard, on apprenait que Klaus Grabowski était mort et tout le monde en déduisit que c'était Mme Bachmeier qui l'avait tué.

Je me suis trouvée ensuite tout près du père de la petite Anna. Il disait en substance : *Elle l'a vraiment fait !* Et il y avait un sourire sur son visage. »

C'est un grand jour dans la vie de Christian. Combien de fois me l'a-t-il raconté ! Après les coups de feu, on fait venir Yogi dans la salle d'audience pour porter les premiers secours à Grabowski. Justement Yogi, lui qui rêvait de clouer Grabowski contre une porte et, avec un scalpel, de lui arracher la peau par petits morceaux ! Quand Yogi est revenu, raconte Christian, il avançait curieusement la lèvre inférieure. C'est toujours ce qu'il fait lorsque quelque chose le réjouit. Christian a immédiatement compris que Grabowski était mort. Il a éprouvé alors un « total sentiment de bonheur ».

Christian et Yogi ne seront plus entendus ce jour-là. Jusque tard dans la nuit, chez Yogi, ils se saoulent. Arrosent-ils leur victoire ?

Plus tard, le procureur général les citera tous deux à comparaître pour incitation et aide au meurtre. Mais, en dépit des perquisitions à leur domicile et de témoignages accablants, les preuves sont insuffisantes. L'action en justice est interrompue.

A 14 heures, le commissaire M. se rend chez la mère de Grabowski. On peut lire dans son rapport :

« Quand je lui ai annoncé la nouvelle, elle ne s'est pas montrée spécialement émue. Elle expliqua elle-même son attitude en précisant qu'elle n'avait plus de contacts avec son fils depuis longtemps. Il était devenue la " brebis galeuse " de la famille. Elle ajouta que l'on pouvait comprendre le geste de cette femme.

La police était priée de s'annoncer téléphoniquement en cas de nouvelle visite, faute de quoi sa porte ne lui serait pas ouverte. »

## CHAPITRE XIII

Marianne Bachmeier est conduite au commissariat. Lorsqu'elle monte dans la voiture de police, les gens lui font des signes. L'avocat K. a recommandé à sa cliente de répondre aux questions qu'on lui poserait. L'interrogatoire commence à 13 h 45.

« Je suis en mesure de vous répondre. Le bruit de la machine à écrire électrique ne me dérange pas. Je souhaite que mon avocat reste dans les bureaux de la police criminelle pour qu'il puisse m'assister si nécessaire.

Je n'exige pas qu'il assiste à l'interrogatoire.

Au cours de la dernière nuit (5 mars 81 au 6 mars 81), j'ai très mal dormi. J'ai beaucoup rêvé, j'ai fait des cauchemars. Il y a exactement dix mois, Anna était ensevelie dans la terre froide près d'Oberbüssau. J'y ai souvent repensé. Ce matin, j'étais agitée et nerveuse. Je m'en voulais d'être dans un tel état. J'étais formement décidée à avoir les idées claires pendant les débats afin de pouvoir suivre parfaitement leur déroulement.

Après m'être levée, je n'ai pas déjeuné. J'ai seulement pris une douche froide et je me suis rendue chez le père de ma fille morte, Anna. Nous avions rendez-vous à huit heures trente : je devais passer le prendre à cette heure-là chez la famille Muth. Comme je n'avais rien dans l'estomac, nous avons bu une tasse de thé.

Avant que nous repartions, Mme Muth m'a donné un tranquillisant et un remède contre les irritations d'estomac. A ce propos, je dois signaler que M. Muth est médecin. Nous étions encore dans sa maison quand il a pris congé en me disant : *Ne te laisse pas abattre !*

Il ne pouvait pas s'attarder plus longtemps parmi nous car ses patients attendaient dans son cabinet.

Christian et moi sommes partis vers 9 h 10. Nous avions l'intention de participer à l'audience de dix heures au tribunal. Comme convenu, nous sommes passés d'abord par le cimetière de Burgtor pour nous rendre sur la tombe de notre fille. Nous y sommes restés à peu près dix minutes. Nous sommes passés devant la chapelle avant de nous diriger vers le tribunal. »

Question du policier :

« Pourquoi êtes-vous passés par la chapelle ? »

Marianne Bachmeier :

« Sans raison particulière. C'est ce que je fais toujours quand je vais sur la tombe de ma fille. C'est là que je l'ai vue pour la dernière fois.

J'ai conduit du cimetière au palais de justice. Christian était à la place du passager. Il n'y avait personne d'autre dans la voiture. Je me suis garée à proximité du palais de justice. Nous avons dû arriver au tribunal vers 9 h 45. »

14 h 15 ; à la demande de Marianne, on lui apporte une tasse de café.

« Christian et moi sommes entrés ensemble dans le palais de justice. J'ai d'abord cherché les toilettes car, ces derniers temps, je suis obligée d'y aller toutes les quinze à trente minutes. C'est comme ça depuis le 3 mars 1981, premier jour du procès contre M. Grabowski. Il y a eu deux jours de débats ; j'ai pris part aux deux. Je m'étais portée partie civile contre M. Grabowski. Mon avocat dans cette affaire était Mᵉ K. qui, à ma demande, reste mon défenseur.

Les troubles dont je viens de parler sont sans doute dus à ma nervosité intérieure, car cette affaire me pèse beaucoup. »

14 h 24 ; Marianne Bachmeier pleure.

« Après avoir quitté les toilettes, je me suis mise à marcher en long et en large dans le hall devant la salle du procès. J'avais rendez-vous en cet endroit à 9 h 50 avec mon avocat. C'est là que je l'ai retrouvé. Nous avions un point à discuter. Mais je n'ai rien pu lui dire de concret.

Puis j'ai vu venir le juge présidant le procès, Mᵉ H. Il parlait avec un avocat, Mᵉ W., que j'avais déjà vu assis sur un banc. Je ne peux pas le jurer, mais je crois avoir compris que Mᵉ W. disait en substance : aujourd'hui, il va s'expliquer. J'avais compris que le " il " désignait M. Grabowski, bien que le nom n'ait pas été prononcé. En effet, M. Grabowski n'avait pas dit un mot au tribunal pendant les deux jours précédents. Tout au début du procès, le défenseur, Mᵉ W., avait dit que son client n'était pas en mesure de fournir des explications mais qu'il le ferait au cours du procès.

Aussi, j'ai tout de suite pensé que M. Grabowski allait déballer des mensonges. »

15 h 40 ; Marianne Bachmeier demande une tasse de café.

« Mon défenseur, Mᵉ K., a bu lui aussi en ma présence une tasse de café dans la salle d'interrogatoire. Pendant cette pause, qui a duré de sept à dix minutes, j'ai dit à Mᵉ K. que sa présence sur place n'était plus nécessaire. »

« 15 h 55 ; je me sens de nouveau en mesure de poursuivre cet entretien.

Mon défenseur, Mᵉ K., m'a dit alors que nous pouvions entrer, maintenant. Il a pénétré le premier dans la salle d'audience et je l'ai suivi. Dans la grande poche droite de mon pantalon (des knickers de la Bundeswehr), j'avais enfoui un pistolet. Ce pistolet était chargé. Il y avait en tout dans l'arme huit balles. Une fois entrée dans la salle, j'ai vu M. Grabowski assis à gauche sur le banc des accusés. Il n'avait manifestement pas remarqué que j'étais entrée. Il me tournait le dos.

Après avoir entendu les allusions de son avocat, j'étais prise de panique. Je craignais que Grabowski ne profère dans la salle du tribunal un gros mensonge sur ma fille. Au cours des deux premiers jours du procès, j'avais remarqué la présence de nombreux spectateurs, parmi lesquels des enfants d'un lycée. »

Question :

« Pourquoi craigniez-vous que M. Grabowski profère un gros mensonge sur votre fille ? »

Réponse :

« Avec Me K., j'avais examiné en détail le dossier contre Grabowski et c'est ainsi que j'avais appris les mensonges qu'il a proférés au sujet de ma fille décédée. Par exemple qu'elle l'a pratiquement provoqué.

Ces détails figurent au dossier ; aussi, je n'ai pas besoin de m'étendre dessus. Je suis persuadée que M. Grabowski n'a pas dit la vérité. Ma fille, de par son caractère, n'était pas quelqu'un à faire ce que M. Grabowski a prétendu. D'ailleurs, des témoins ont affirmé devant le tribunal ce que je dis ici de lui.

Je craignais que M. Grabowski ne réitère ces mensonges dans la salle d'audience devant un grand nombre de spectateurs et en présence de représentants de la presse. Pendant les deux jours que j'ai passés dans la salle d'audience, je n'ai senti à aucun moment le moindre soupçon de repentir chez M. Grabowski ; j'ai pu remarquer au contraire qu'il prenait tout le temps des notes chaque fois que la défense avançait des arguments qui pouvaient paraître à son avantage. J'ai dû en conclure qu'il ne pensait qu'à lui-même et en aucune manière à ma fille assassinée. Il a surtout pris des notes quand on a parlé d'alcool. Lorsque le Dr von

Berge, qui avait été relevé de l'obligation de garder le secret professionnel, a comparu comme témoin, il a également pris des notes. Il était donc clair pour moi que M. Grabowski rejetterait la responsabilité du meurtre sur l'alcool, sur le Dr von Berge et sur ma fille Anna. C'est ce que j'étais obligée de déduire de son comportement.

Je craignais vraiment qu'il traite ma fille Anna de petite garce ou d'un qualificatif approchant afin de se justifier, pour atténuer sa faute. J'avais peur qu'il se dépeigne lui-même comme une victime.

Comme je l'ai déjà dit, le pistolet était chargé quand j'ai pénétré dans la salle d'audience. En entrant, j'ai enlevé le cran d'arrêt du pistolet. »

Question :

« En entrant dans la salle, aviez-vous l'intention de tirer sur M. Grabowski ? »

Réponse :

« Non. Je voulais seulement que M. Grabowski me regarde. Je me disais qu'il pourrait lire mes pensées et que, maintenant que j'avais un pistolet dans ma poche, il se donnerait enfin la peine de me regarder, ce qu'il n'avait jamais fait au cours des deux jours précédents. C'est dans ce but — je crois — que j'ai pris le pistolet dans ma main et que je l'ai levé dans sa direction.

Je n'avais toujours pas l'intention de tirer. Je ne voyais que le dos de M. Grabowski, ce qui a évoqué en moi une image : il avait tué ma fille par-derrière. Je sais que c'est le cas pour l'avoir lu dans le dossier.

A cette pensée, c'est parti automatiquement. Je n'avais même pas visé, je me contentais de tenir le pistolet levé. »

Question :

« Savez-vous combien de coups vous avez tiré sur M. Grabowski ? »

Réponse :

« Au moment où ça a éclaté, je n'ai pas su combien de fois j'avais appuyé sur la détente. Mais lorsque j'ai été emmenée à l'écart par Mᵉ K. (le gardien m'avait pris le pistolet), j'ai vu que la culasse du pistolet avait repris sa position initiale. J'ai compris à ce moment-là que j'avais tiré huit coups en tout puisqu'il y avait huit balles dans le chargeur.

Je n'ai pas compris tout de suite que j'avais tué M. Grabowski. Je ne l'ai su que lorsque j'ai entendu dire que la brigade criminelle devait venir.

Maintenant, je regrette profondément d'avoir tué M. Grabowski. Non pas à cause de cet homme, mais parce que, par principe, je réprouve de tuer. Je m'étais toujours demandée comment un être humain pouvait vivre après avoir tué quelqu'un. Déjà avant la mort de ma fille. Mais après la mort d'Anna, j'y ai pensé de manière plus intense.

Après sa mort, je n'ai rien pu avaler pendant six semaines. Je n'arrêtais pas de me demander comment l'homme qui avait tué ma fille allait pouvoir continuer à vivre. Cette pensée me coupait l'appétit.

Depuis des années, je pense souvent à la mort, je m'y suis intéressée aussi sur le plan psychologique. Je voulais découvrir pourquoi les hommes commettent certains actes. Aujourd'hui, je n'arrive pas à comprendre comment j'ai pu moi-même tuer un homme, et je ne sais pas comment je vais le supporter. Je n'arrivais déjà pas à surmonter le choc de la mort d'Anna, je ne sais pas comment je vais faire face à cette nouvelle situation.

Pendant le procès, je regardais les photos de ma fille qui avaient été prises sur le lieu du crime et à l'institut médico-légal. J'ai regardé chaque photo une à une et je me suis rendue compte qu'il avait dû la battre auparavant. Anna avait des blessures au visage et les marques de strangulation étaient bien visibles.

J'ai toujours essayé de comprendre pourquoi M. Grabowski avait commis cet acte. Mais il ne m'a jamais regardé. J'aurais même été prête à lui pardonner s'il m'avait donné la possibilité d'en parler avec lui, et s'il avait manifesté un quelconque repentir. Mais, comme je l'ai déjà dit, M. Grabowski ne m'a jamais regardée. Ceci a même été mentionné par la presse. Dès le premier jour du procès, j'ai essayé vainement d'établir un contact avec lui par le regard.

Je ne me réjouis pas que M. Grabowski soit allé rejoindre Anna. »

Pendant la première nuit que Marianne passe en prison, elle dort profondément, sans rêver — comme jamais encore depuis la mort d'Anna.

L'auteur ayant écrit ce livre avant le procès de Marianne Bachmeier a préféré, pour des raisons juridiques, désigner une partie des personnes concernées par des noms d'emprunt. Ce ne sont donc pas ces noms qui figurent dans les attendus du jugement qu'il a été possible, compte-tenu des délais de traduction et de fabrication, de publier dans l'édition française.

Procédure pénale contre Marianne Bachmeier
Cour d'Assises de Lübeck,
Mercredi 2 mars 1983, 9 h 30.

## ÉNONCÉ DU JUGEMENT

*Président Dr Bassenge :*

Au nom du peuple, je prononce la sentence suivante :

L'accusée est condamnée pour homicide avec port intentionnel d'arme à feu sans autorisation, à une peine de réclusion de six ans. Le pistolet Beretta 22 est saisi. Les frais de procédure sont à la charge de l'accusée.

Le tribunal a décidé de rejeter la requête du ministère public de délivrer contre l'accusée un mandat de dépôt.

Attendus du jugement :

A l'issue de quatre mois de débats, ce jugement clôture une affaire criminelle qui a soulevé dans l'opinion publique une grande effervescence et des réactions émotionnelles de toutes sortes. Il n'appartient pas à la cour de juger de l'attitude d'une partie des médias dans cette affaire, pas plus qu'il n'est possible aux membres d'un tribunal de fermer les yeux face aux interprétations de toutes sortes qui peuvent voir le jour à une telle occasion. Mais il est beaucoup plus difficile de juger une inculpée qui a pratiquement été poussée à jouer un rôle de star dans cette circonstance — et qui n'avait sans doute pas la force de caractère nécessaire pour résister à une telle pression — ce qui a pu conduire à de fausses interprétations sur sa manière de penser et son comportement avant qu'elle ait été amenée à jouer ce rôle.

Avant de vous présenter les fondements essentiels de ce jugement — étant entendu que les détails de la décision feront, comme toujours, l'objet d'une justification écrite — je voudrais rappeler que l'accusée bénéficiera du principe « in dubio pro reo ». Cela va de soi, et je le signale non pas à l'intention des participants au procès, mais afin de rappeler aux observateurs extérieurs qu'une personnalité aussi difficile à cerner que celle de l'accusée, dont le mode de vie s'écarte sensiblement des normes traditionnelles, ne peut être jugée en fonction des idées en vigueur dans l'opinion publique, mais exclusivement sur la base de faits résultant de l'enquête, étant acquis que tout doute raisonnable bénéficiera à l'accusée.

Il a été établi de manière irréfutable au cours des débats que l'accusée, le 6 mars 1981 vers 10 heures, avant le début de la troisième journée du procès contre le boucher Grabowski dans la cour d'Assises du tribunal de Lübeck, a tiré sur l'ex-accusé avec un pistolet de type Beretta. M. Grabowski était accusé d'avoir, le 5 mai 1980, tué sournoisement la fille de l'accusée, Ilona — surnommée Anna — née le 14 novembre 1972 et alors âgée de sept ans et demi en étranglant par-derrière, avec un collant, l'enfant surprise à l'improviste et sans défense. Il est établi à travers la déposition de M. Grabowski que celui-ci a bien commis cet acte. De son côté, l'accusée avait également pris connaissance de cette déposition. La question de savoir ce qu'il faut penser des autres déclarations de M. Grabowski sur le comportement de l'enfant Anna Bachmeier sera développée plus loin.

En premier lieu, il importe au tribunal de savoir si l'accusée a commis cet acte délibérément — c'est-à-dire sciemment et intentionnellement et, si oui, quand elle en a conçu le projet. La chambre correctionnelle, d'accord avec le ministère public, est d'avis qu'il n'est pas prouvé que l'accusée ait décidé avant le 6 mars 1981, troisième jour du procès contre M. Grabowski, de commettre cet acte. Les nombreuses imprécations prononcées contre M. Grabowski par l'accusée — et par d'autres personnes — dans diverses circonstances et l'idée de le tuer découlent de la situation et ne constituent pas une preuve concrète de préméditation. Il ressort même d'une déclaration de Mme Salei que l'accusée aurait repoussé une incitation à tuer M. Grabowski ; selon ce témoin, M. le Dr Bock lui aurait dit au printemps 1980 : « Nous voulons l'amener à tuer M. Grabowski, mais elle ne veut pas ! »

Il y aurait eu une forte présomption que la suggestion du Dr Bock ait été couronnée de succès s'il avait pu être prouvé qu'il a procuré l'arme du crime à l'accusée fin 1980/début 1981.

La chambre correctionnelle, après avoir pris connaissance des déclarations contradictoires des époux Salei et du Dr Bock, admet comme établi que M. le Dr Bock possédait vers 1980 un Beretta 22 auparavant en la possession des époux Salei ; mais la déclaration de M. Salei ne permet pas de prouver qu'il s'agit de l'arme du délit, car la description qu'il a donnée du pistolet présente des différences importantes par rapport à celle-ci.

Il n'a pas pu être prouvé non plus que l'accusée s'était procuré le pistolet dans l'intention d'abattre M. Grabowski. Malgré des déclarations contradictoires concernant l'acquisition du pistolet, il est établi qu'elle a acheté celui-ci pendant l'été 1980 afin de se protéger contre une menace de mort anonyme, ce qu'elle fit également en demandant une surveillance téléphonique.

La chambre correctionnelle a également vérifié si des déclarations de l'accusée ou de tiers permettaient de conclure de manière suffisamment sûre à une décision de commettre l'acte avant le 6 mars 1981. La déclaration de M. Berthold peu après le crime, authentifiée par deux témoins — « Elle l'a fait, elle l'a vraiment fait ! » — ajoutée à la joie qu'il a affichée pendant le trajet en taxi ne suffisent pas à prouver que M. Berthold avait connaissance d'une intention de l'accusée de commettre cet acte. Cette déclaration peut se référer par exemple aux nombreuses pensées meurtrières exprimées à plusieurs reprises par l'accusée ou par des tiers, pensées que le témoin n'a pas prises à la lettre et qui, selon les constatations de la chambre, n'étaient pas exprimées comme telles.

La joie affichée par M. Berthold, en contradiction avec le choc profond qu'il prétend avoir ressenti, peut s'expliquer par la satisfaction de voir exécuter de manière spectaculaire l'assassin de sa fille, cette satisfaction l'emportant sur ses autres sentiments envers l'accusée avec qui il s'était encore disputé peu de temps avant devant le tribunal.

Mme Habecke, qui a témoigné ici, prétend que l'accusée lui a dit, pendant la période où elles étaient en détention préventive ensemble, qu'elle avait emmené le pistolet pour tuer M. Grabowski — après qu'elle eut remarqué que l'on ne fouillait pas les témoins — et que M. Berthold savait tout cela. La question qui se pose est celle de savoir si l'accusée a vraiment dit cela au témoin. Bien que les nombreuses condamnations de Mme Habecke pour escroquerie ne plaident pas en sa faveur et qu'elle ait souvent fait ici même des déclarations inexactes sur quelques points secondaires, la chambre correctionnelle est d'avis que, pour l'essentiel, elle a dit la vérité. Mais, par ailleurs, cette déclaration de l'accusée au témoin ne constitue pas une preuve décisive. Le désir de montrer à sa compagne de prison sa forte personnalité et de justifier le rôle de star que lui faisaient jouer les médias ainsi que le besoin d'amener M. Berthold — qui, dans le fond, l'avait laissé tomber — à se rapprocher d'elle et à partager sa destinée, ont pu constituer des éléments déterminants.

Les interprétations possibles des précédentes déclarations ne sont pas décisives dans ce procès. Toutefois, en raison de la personnalité marquante de M. Berthold aussi bien que de l'accusée, elles sont psychologiquement plausibles et par conséquent à porter au bénéfice de l'accusée.

D'accord avec le ministère public, la chambre correctionnelle est d'avis qu'il est impossible de prouver que l'accusée, le 6 mars 1981, sortant de la voiture de M. Brockmann pour se rendre au tribunal, a emporté le pistolet dans l'intention de s'en servir pour tuer M. Grabowski. Le pistolet était chargé, une balle se trouvait dans le canon, car dans le cas contraire, l'accusée aurait dû armer le pistolet avant de tirer, ce qui aurait nécessité l'usage des deux mains. L'accusée a affirmé ne pas avoir chargé elle-même le pistolet et personne ne l'a vue le faire. Par ailleurs, la conclusion qui semblerait s'imposer logiquement — « celui qui emporte dans un tribunal un pistolet chargé et tire avec n'a pu l'emporter que dans l'intention de s'en servir » — n'est pas, dans les circonstances présentes, sans appeler certaines réserves, et cela pour deux raisons.

La première, c'est que l'accusée ait voulu, eu égard à sa condition psychique difficile, se donner de l'assurance en prenant le pistolet. Certes, cette argumentation peut paraître spécieuse, d'autant qu'un pistolet chargé dans une poche de pantalon peut constituer un gros danger, même pour le porteur du pistolet ; toutefois, il est impossible d'écarter cette interprétation. L'accusée se trouvait dans une situation difficile et, ainsi qu'en témoignent les déclarations de l'expert Mme le professeur Müller-Luckmann, confirmées par celles des deux autres experts, il est tout à fait dans le style de l'accusée d'emporter une arme dans une telle situation afin de calmer son angoisse, de se donner de l'assurance et de donner ainsi une impression de forte personnalité.

D'un autre côté, il n'y a pas forcément un rapport de cause à effet entre le fait d'emporter une arme et le fait de tirer. L'élément décisif qui a pu déclencher le geste de l'accusée est peut-être une mauvaise interprétation d'une conversation entre le juge Hopf présidant le tribunal et l'avocat M^e^ Weber qui a fait craindre à l'accusée que M. Grabowski allait faire des déclarations qui pourraient faire penser qu'Anna Bachmeier et, indirectement, sa mère, pourraient avoir une part de responsabilité dans le crime. Il fallait donc vérifier si l'accusée avait pris la décision de tirer dans l'enceinte du tribunal et, si oui, à quel moment.

La chambre criminelle est convaincue que l'accusée a pris la décision de tirer au plus tard en entrant dans la salle d'audience — avant d'avoir pu voir M. Grabowski, qui lui tournait le dos. La cour exclut donc que ce soit la vue du dos de M. Grabowski qui ait déclenché le geste automatique — c'est-à-dire essentiellement incontrôlé — de tirer. Les déclarations des témoins, et notamment les témoignages des élèves, ont permis d'établir que l'accusée, immédiatement après être entrée dans la salle où elle a fait trois pas, a dirigé son pistolet sur M. Grabowski et a tiré sans hésiter un seul instant et sans avoir adressé la parole à l'inculpé. Bien que les déclarations des experts n'excluent pas la possibilité qu'un être humain, après avoir remué dans sa tête à plusieurs reprises des pensées meurtrières, puisse, à la vue de la personne concernée, brusquement passer à l'action, la chambre criminelle est convaincue que ce ne fut pas le cas ici.

En effet, outre le déroulement sans heurts de cette action et la précision du tir supposant une grande concentration — sur huit coups tirés, six sont parfaitement groupés en un point du dos de M. Grabowski — d'autres éléments donnent à la cour la conviction que la décision de tirer avait déjà été prise auparavant.

Selon la déclaration du Pr Dr Prybilla entendu comme témoin, l'accusée, le soir du crime, lui a déclaré avoir armé le pistolet avant d'entrer dans la salle. A ce moment, elle ne pouvait pas voir encore le dos de M. Grabowski. Vont également dans le même sens les témoignages de M. Ardeck et de Mme Schrabe, confirmés par la déposition de l'accusée à la police et selon lesquels elle a enlevé le cran d'arrêt du pistolet en entrant dans la salle. Entrer dans une salle est une action qui commence normalement au moment où l'on franchit la porte. Mais, dans ce cas précis, l'accusée n'a pas défini son geste d'armer le pistolet comme une réaction à la vue du dos de M. Grabowski, puisqu'elle n'a pas déclaré explicitement avoir enlevé le cran d'arrêt une fois entrée dans la salle — et elle ne pouvait voir le dos de M. Grabowski qu'après y avoir pénétré.

Rien ne permet de penser que, lors de sa déposition à la police, certaines déclarations aient pu être suggérées à l'accusée, car celle-ci, à la lecture du rapport, n'a exigé aucune modification en ce qui concerne ce passage — contrairement à d'autres phrases de sa déposition. L'accusée, ayant déjà armé le pistolet avant d'apercevoir le dos de M. Grabowski aussitôt après avoir pénétré dans la salle, l'a donc fait avec l'intention d'utiliser cette arme, de tirer sur M. Grabowski et de le tuer.

Même si l'on admet le besoin de l'accusée de se donner du courage, le fait d'armer le pistolet ne peut plus être considéré comme une mesure destinée à la stimuler puisque le fait d'avoir sur elle une arme chargée était déjà stimulant en soi. On ne peut pas conclure non plus que l'accusée, ainsi qu'elle l'a prétendu dans sa déposition, a dirigé son arme sur M. Grabowski pour l'obliger à la regarder. Même si l'on admet le désir de l'accusée d'avoir avec

M. Grabowski un dialogue à travers un échange de regards, ce dialogue, en bonne logique, ne pouvait pas s'amorcer aussitôt après son entrée dans la salle, deux ou trois pas après la porte, avant que l'accusée ait trouvé une position calme plus propice à un échange de cette nature.

Par ailleurs, il n'était pas nécessaire de diriger pour cela une arme chargée sur M. Grabowski, celui-ci ne pouvant pas savoir si elle était chargée ou non.

En outre, la chambre criminelle estime significatif que l'accusée, quelques minutes après son acte, ait répondu au juge Kröger présidant le tribunal qui lui demandait où elle avait tiré : « Je voulais lui tirer dans le visage, mais je l'ai atteint dans le dos ; j'espère qu'il est mort. » Il ressort très nettement de cette déclaration que l'accusée ne s'est pas décidée à commettre son ace lorsqu'elle a vu le dos de M. Grabowski, mais avant de l'avoir aperçu dans la salle.

La cour déduit du ton décidé de cette déclaration qu'il ne s'agit pas d'une réflexion « après coup » signifiant « j'aurais préféré l'atteindre au visage » mais bien d'une intention de l'accusée de tirer dans le visage de M. Grabowski — intention qu'elle avait avant d'entrer dans la salle et d'avoir reconnu la position assise de l'inculpé — afin qu'il sache que c'était la mère de sa victime qui le tuait dans le but de l'empêcher de traîner cette dernière dans la boue par des déclarations mensongères. Il n'est pas exclu que la vue du dos de M. Grabowski ait évoqué dans l'esprit de l'accusée — déjà décidée à commettre son acte — des images en rapport avec les circonstances de l'assassinat de sa fille, comme en témoigne sa déposition à la police, mais ce facteur n'a pas été déterminant dans sa décision.

Il ressort du témoignage de toutes les personnes présentes dans la salle des délibérations 161, du témoignage du Dr Knitter sur l'état de l'accusée vers 11 heures, et du témoignage du Pr Dr Prybilla sur son état après son audition dans les bureaux de la police que l'accusée, en dépit d'une forte émotion, a fait au juge Kröger, à la police et au Pr Dr Prybilla, des déclarations parfaitement lucides.

La déclaration de Mme le Dr Janowski n'a pas donné d'éléments exploitables sur le déroulement concret des faits. D'après ce témoin, l'accusée ne lui a pas fait de déclaration cohérente. La conversation qu'elle a eue avec elle pendant plusieurs heures a été chaotique. L'accusée tournait autour du problème et en revenait toujours à son acte, se demandant comment cela avait pu se produire. Même ses déclarations selon lesquelles elle aurait dirigé le pistolet sur M. Grabowski, non pas pour tirer sur lui mais pour l'inciter à la regarder sont, selon la conviction de la cour, des tentatives d'explications visant à repousser l'acte spontané et s'inscrivant dans le cadre de l'amorce d'un processus — comme on le verra plus loin — de reconstitution des faits qui n'apparaît pas encore dans la déclaration de l'accusée devant le juge Kröger et le Pr Dr Knitter — « Je l'ai fait pour toi, Anna chérie ! » — et n'est pas encore évident dans sa déclaration devant le Pr Dr Prybilla — « Je ne voulais pas que Grabowski arrive à passer pour un gentil garçon ».

Au moment de l'acte, M. Grabowski se trouvait pris à l'improviste et sans défense puisqu'il ne pouvait pas s'attendre à cette agression et n'avait aucune possibilité de se défendre. Objectivement, le meurtre est donc patent.

Toutefois, la cour n'estime pas que l'aspect subjectif du meurtre soit pleinement démontré. En effet, cet aspect subjectif suppose que l'accusée a compris et utilisé le fait que M. Grabowski était surpris et sans défense pour commettre son acte. Ce matin-là, l'accusée avait derrière elle une nuit agitée peuplée de rêves angoissés et n'avait pas trouvé, à travers sa visite au cimetière, la force intérieure qu'elle souhaitait. Ayant mal interprété une conversation entre le juge Hopf présidant le tribunal et Me Weber, elle a cru que M. Grabowski allait faire les déclarations auxquelles il s'était refusé jusque-là. En outre, l'accusée s'est énervée car elle a craint que M. Grabowski réitère la déclaration qu'il avait faite à la police et dans laquelle il avait accusé Anna Bachmeier de chantage sexuel. L'expression de « petite pute » employée à plusieurs reprises est inadéquate. Il n'a pas été affirmé qu'Anna avait demandé de l'argent en échange de l'acceptation de pratiques sexuelles. Cette affirmation représentait pour Anna Bachmeier et pour l'accusée responsable de son éducation une grave offense, car cette accusation, à l'examen de ce qui a pu être découvert sur Anna Bachmeier au cours de la procédure contre Grabowski et pendant ce procès, est fausse.

Il faut supposer au bénéfice de l'accusée que c'est la vue des photos de sa fille qui, l'ayant mise dans un état d'agitation incontrôlable, l'a amenée à prendre la décision spontanée d'empêcher M. Grabowski de faire ses déclarations de la seule manière possible, en le tuant. Il n'est pas possible d'avancer de manière certaine un autre motif, même si de précédentes pensées meurtrières ont préparé la voie et simplifié la décision. En outre, il ne peut être prouvé que l'accusée avait conscience de l'importance pour son geste de la situation dans laquelle se trouvait M. Grabowski. Il faut même conclure au bénéfice de l'accusée qu'elle a agi sans prendre garde aux éléments favorables à son acte et que le fait que M. Grabowski ait été à sa merci n'a pas été un facteur déterminant. Aussi son acte peut-il être considéré comme un simple homicide, aux termes du § 212 du Code pénal.

La chambre correctionnelle estime que l'accusée était parfaitement responsable. La législation part du principe qu'une personne majeure est pleinement responsable, ce qui signifie qu'elle est en mesure de voir l'illégalité de son acte et peut se comporter en conséquence. La loi se contente de définir comme exceptions à cette règle les conditions d'irresponsabilité. Il s'agit de facteurs biologiques — ou plutôt psychiques —, de certains états d'âme anormaux conduisant à l'irresponsabilité ou à un dérangement des représentations psychiques ou plus précisément normatives pouvant annihiler la capacité analytique et motrice du sujet dans l'accomplissement de son acte.

Parmi ces états d'âme pathologiques, il ne s'agit d'examiner ici que le trouble de conscience caractérisé, les dérangements psychiques pathologiques tels que la débilité mentale ou autres déviations graves n'ayant évidemment rien à voir avec ce cas.

Le trouble de conscience est l'altération ou l'arrêt partiel de la conscience de soi et du monde extérieur entraînant un dérangement du libre arbitre. Il peut s'agir — chose admise aujourd'hui par la jurisprudence — d'ébranlements d'ordre émotif portant atteinte à l'esprit critique, un choc émotif par exemple ; un tel état d'âme peut altérer les facultés de jugement. Le terme « caractérisé » exclut les troubles de conscience se situant dans la norme, tel l'état d'excitation normal consécutif à un choc émotif.

Suivant le degré biologique-psychique du trouble de conscience caractérisé, le Code pénal définit d'une part l'irresponsabilité (§ 20), d'autre part une possibilité d'atténuation de peine pour responsabilité partielle (§ 21) ; il convient donc, dans le cadre des états émotifs anormaux, d'établir des gradations en fonction du degré de gravité du trouble de conscience et de ses effets. Si sa gravité est telle qu'elle exclut toute capacité analytique et motrice, assimilant ainsi ce trouble à un dérèglement mental, c'est le § 20 qui entre en vigueur. Ce degré de gravité est considéré comme atteint lorsqu'on ne peut plus parler d'un comportement normal et que l'on constate une « détérioration avancée de la structure psychique ». Si le trouble de conscience entrave considérablement la capacité analytique et motrice sans la supprimer, c'est le § 21 du Code pénal qui est applicable. Ce degré de dérèglement est défini dans les textes comme un « ébranlement de la structure psychique ». Mais si le trouble n'est pas suffisamment grave pour altérer profondément la capacité analytique et motrice, la seule possibilité est de juger le trouble de conscience en termes d'adoucissement de peine. Il n'est pas tenu compte du fait que le trouble a pu amener l'inculpée à tuer sans avoir conscience de la situation de la victime, surprise à l'improviste et sans défense, car dans ce contexte, ce qui compte, c'est l'exploitation effective de la situation et non le degré de conscience.

Reste posée la question de savoir si un trouble de conscience caractérisé met l'intéressée dans l'incapacité de percevoir le caractère illégal de son acte et d'orienter son comportement en conséquence, ou s'il réduit considérablement la conscience qu'elle en a. Ici, la frontière est empirique — elle est née de l'observation et de l'expérimentation — et la question appelle une réponse circonstanciée. C'est un problème d'appréciation, car il faut toujours se demander de que l'on peut légitimement exiger d'une personne en matière de comportement « conforme aux normes ».

Pour l'étude des causes biologiques/psychiques, l'activité des experts est prépondérante, car il s'agit essentiellement d'analyser un cas à la lumière de l'expérience — notamment l'expérience clinique — dans le domaine des états d'âme ; il s'agit donc d'une activité descriptive, tandis que l'étude des aspects psychologiques de la capacité analytique et motrice suppose une évaluation des faits constatés sous l'angle juridique, c'est-à-dire une appréciation juridico-normative.

En ce qui concerne les causes biologiques/psychiques, tous les experts sont parvenus à la conclusion que l'accusée, au moment de son acte, se trouvait sous le coup d'un choc affectif. Il faut souligner qu'elle avait décidé son acte avant de voir M. Grabowski et commencé son exécution en armant le pistolet et en entrant dans la salle, de sorte que l'éventuelle aggravation du choc émotif à la vue de M. Grabowski est sans importance juridiquement parlant, car l'acte commis correspond au projet initial. Il est par conséquent inutile que les experts s'interrogent sur l'incidence d'une mauvaise estimation de la situation sur l'intensité du trouble de conscience. Ce qui importe, c'est l'intensité du choc émotif au moment de la décision de commettre l'acte et du commencement d'exécution.

Même si la défense regrette que les experts n'aient pas fondé leur appréciation sur l'intensité du choc émotif et de ses effets, cela ne remet pas en cause, pour la cour, la valeur de l'expertise.

Lorsque la défense tente d'expliquer le geste de l'accusée en prétendant qu'elle n'a pas voulu tuer M. Grabowski et ne s'est pas rendue compte de ce qu'elle faisait, c'est en contradiction avec les constatations de la cour sur sa décision de commettre cet acte et avec les déclarations sans ambiguité du juge Kröger selon lesquelles elle a voulu tirer dans le visage de M. Grabowski mais ne l'a atteint que dans le dos.

En tout état de cause, il faut partir du principe que l'accusée est contre le meurtre comme moyen conscient de résoudre un conflit. Mais le fait que l'accusée soit sortie de son champ de personnalité habituel ne permet pas pour autant de conclure que la mort de son partenaire conflictuel, perçue comme seul moyen à sa disposition pour empêcher les déclarations qu'elle craignait d'entendre, soit la conséquence de la libération chez l'accusée d'une accumulation affective incontrôlable. Selon ... et Rasch, le critère de perte de personnalité n'est pas applicable, car il n'y a pas d'action étrangère à la personnalité ; toute action correspond au degré de motivation déjà atteint, à l'humeur et à la disposition à agir de l'intéressé.

La cour considère non fondé l'argument de la défense selon lequel les experts Ritzel et Müller-Luckmann n'ont pas tenu compte de symptômes évidents de perte de contrôle de soi au cours de la deuxième journée du procès, car les deux experts — et plus particulièrement le Dr Ritzel —

ont parlé de ces symptômes. Et s'ils concluent que les circonstances n'ont pas rendu considérablement plus difficile la maîtrise par l'accusée de son état émotif, c'est que, pour eux, d'autres facteurs entrent en jeu.

Il y a un élément décisif pour l'appréciation de la situation affective de l'accusée et la non-application à son cas des §§ 20 et 21 du Code pénal : le fait, évoqué par le Dr Ritzel, que l'homicide de M. Grabowski ne se présente pas comme un élément nouveau ; c'est un acte déjà présent dans les pensées de l'accusée, envisagé et même souhaité — même s'il ne s'agit pas d'un plan prémédité — ainsi qu'en témoignent les mots prononcés devant le juge Kröger aussitôt après. Le soir du deuxième jour du procès, l'accusée, en dépit de son acte psychique perturbé, reconnaît que le fait d'avoir sur elle un pistolet peut la faire suspecter d'intention de meurtre. Ce qui prouve qu'à ce moment, elle n'est pas en proie à une idée fixe, incontrôlable. Rien ne permet de conclure à une telle évolution de pensée avant les bribes de conversation surprises par l'accusée. On ne peut pas non plus déduire du fait qu'elle ait surpris cette conversation que sa capacité de résistance à cette idée fixe s'en est trouvée annihilée ou considérablement amoindrie. La conversation, telle que l'a perçue l'accusée, lui a confirmé un état de faits auquel elle était préparée. En outre, elle savait que les révélations que s'apprêtait à faire M. Grabowski étaient en contradiction avec des témoignages dignes de foi et qu'il n'y avait pas eu (pas plus qu'il n'y en aurait sans doute) au cours du procès d'éléments supplémentaires de nature à les étayer.

Dans ces circonstances, la cour partage le point de vue des experts selon lequel l'état psychique aléatoire de l'accusée ce matin-là et l'énervement qu'avait provoqué en elle la perspective des déclarations de M. Grabowski n'ont pas altéré sa lucidité au point de l'empêcher de prendre conscience de l'interdit fondamental lié à l'homicide et des réticences naturelles élevées qui l'accompagnent.

Après constatation de la faute de l'accusée, il fallait vérifier s'il n'y avait pas d'empêchement à la procédure...

... Ce peut être le cas lorsque l'Etat a incité l'intéressé à un comportement ayant entraîné son inculpation...

... Ce n'est pas le cas ici, puisque aucun organisme d'Etat n'a incité l'accusée à tuer M. Grabowski. Lors du traitement de M. Grabowski ont été commis des erreurs et des oublis partiellement lourds de conséquences, mais qui n'étaient pas de nature à pousser M. Grabowski, pas plus que l'accusée, à commettre un crime. La mise en liberté conditionnelle après la castration n'est pas en soi une erreur. Toutefois, dans les cas de difficultés physiques et psychiques d'une personne ayant subi cette opération, il est recommandé de la soumettre à un traitement psychothérapeutique pendant une période suffisante — la loi autorise cinq ans — afin de lui permettre de surmonter ces difficultés et de réduire le risque d'une rechute. Il est possible qu'une telle tentative de réintégration ait pu éviter le traitement hormonal avec ses conséquences.

M. Grabowski s'était, de sa propre initiative, adressé à l'organisme de surveillance pour demander si le tribunal avait une objection à formuler contre un traitement hormonal. Une enquête approfondie aurait dû suivre sur la nécessité, la nature et l'effet du traitement. On aurait dû s'assurer par des directives précises que le traitement, effectué sous surveillance médicale, n'était pas de nature à réveiller les pulsions sexuelles de l'intéressé — pulsions pédophiles dans ce cas — que la castration, de l'avis général, ne fait pas disparaître. Un prolongement de la surveillance — qui a été limitée à deux ans, la durée minimale — aurait permis de contrôler à plus long terme le succès du traitement et le comportement de l'intéressé.

Il n'y a pas lieu de passer ici en revue toute la gamme des mesures juridiques et médicales. On peut en tout cas avancer que le meurtre d'Anna Bachmeier n'aurait pas eu lieu si l'on avait procédé à une vérification approfondie de toutes ces questions avant que la justice n'autorise la cessation du traitement psychiatrique et le traitement hormonal par un médecin insuffisamment informé des précédentes condamnations de son client.

La question de savoir si le ministère public a émis des réserves sur l'opportunité du traitement n'a pu être éclaircie officiellement. Malgré le refus de communiquer le dossier, la chambre n'a aucune raison de faire une telle supposition, car les mesures de surveillance n'incombaient pas au ministère public, mais à un agent de probation...

... Venons-en à l'évaluation de la peine. La cour estime que le § 213 (homicide avec circonstances atténuantes) ne s'applique pas à ce cas. Les conditions du premier alinéa de cet article ne sont pas remplies. Certes, l'accusée et sa fille ont été victimes de graves offenses et sévices, mais n'ayant pas entraîné une réaction impulsive instantanée.

On peut considérer que la dernière provocation est le « rictus sadique » du meurtrier, selon les termes employés par l'accusée. Ceci se passait deux jours avant l'acte et il n'est pas possible d'en déduire que cette attitude méprisante était toujours celle du meurtrier le jour où il a été tué.

La déclaration de Grabowski attendue par l'accusée ne peut pas être considérée comme une provocation.

Les conditions du second alinéa ne sont pas remplies non plus ; il faudrait pour cela qu'une analyse objective et subjective de tous les facteurs aggravants et amoindrissants puisse différencier cet acte d'un homicide classique au point que l'échelle des peines de cinq à quinze ans ne puisse s'appliquer.

Il reste que l'élément le plus propre à atténuer la responsabilité de l'accusée est le fait que M. Grabowski a étranglé sa fille Anna. La cour se réfère en particulier au fait qu'Anna, dans la vie sans chaleur humaine et riche en déceptions de l'accusée, était l'être qui lui était le plus proche et sur lequel elle avait reporté tout son amour, même si elle avait envisagé une adoption, comme l'a déclaré ici le Dr Bock — dont la cour estime qu'étant donné son niveau d'instruction, il savait pertinemment de quoi il parlait lorsqu'il a employé les mots « adoption » et « formalités d'adoption ». Quoi qu'il en soit, cette adoption, qui n'était pour l'instant qu'envisagée, n'est pas à interpréter comme une mesure par laquelle l'accusée comptait se débarrasser de sa fille, mais comme une mesure d'assistance par une famille amie habitant à proximité. Il est impossible de déduire de tout cela que la relation mère/enfant s'était détériorée au moment du meurtre d'Anna, même si la mère, après les événements tragiques, a, dans une certaine mesure, idéalisé cette relation.

Une autre circonstance atténuante réside dans le fait que M. Grabowski, dans sa déposition à la police, a accusé Anna de chantage sexuel, offensant ainsi gravement non seulement Anna, mais aussi l'accusée responsable de son éducation. Cet élément a perdu de son poids dans la mesure où, pendant le procès contre M. Grabowski, plusieurs témoins ont déclaré qu'Anna avait la réputation d'une fillette ouverte, gaie, naturelle. Car, dans ces conditions, la répétition devant le tribunal des déclarations de Grabowski ne pouvait plus sérieusement remettre en question l'image d'Anna et de l'accusée...

... Un autre facteur de nature à atténuer la responsabilité de l'accusée est le fait que les carences déjà évoquées d'organismes judiciaires et d'un médecin aient rendu possible l'assassinat d'Anna Bachmeier. Mais l'importance de cet argument, pour ce qui concerne l'évaluation de la responsabilité de l'accusée, est diminuée par le fait que M. Grabowski — comme l'accusée en a eu également connaissance au cours du procès — a demandé l'accord des organismes judiciaires compétents et qu'aucune réserve n'a été formulée quant aux possibilités de rechute. C'est donc lui qui, au départ, a voulu éviter ce qui devait arriver plus tard.

Est également à porter à la décharge de l'accusée le comportement de M. Grabowski pendant le procès. Il s'est tu, s'est détourné ostensiblement de l'accusée, et a éveillé en elle l'impression de vouloir, dans sa tactique de défense, faire rejaillir la faute sur d'autres. Juridiquement parlant, il en avait le droit, mais ce comportement a eu pour conséquence de rendre impossible une explication entre lui et l'accusée qui éprouvait le désir, légitime pour une mère, d'apprendre le détail du déroulement des faits. Des éclaircissements sur un crime peuvent permettre de libérer une mère des images angoissantes qu'elle a de la mort de son enfant si elle apprend qu'elle a connu une mort brève et sans souffrance. En outre, l'accusée craignait que ne se produise, comme cela arrive souvent, un renversement de situation à son désavantage.

Au chapitre des circonstances aggravantes, il faut mentionner le fait que l'accusée, en écourtant le procès, n'a pas laissé à M. Grabowski la possibilité de modifier sa tactique et de reconnaître sa faute devant l'accusation.

Mais l'élément le plus défavorable aux circonstances atténuantes est finalement le fait que l'accusée, bien que consciente de son état instable et de sa propension à des réactions spontanées, ait eu l'idée de se munir du pistolet lorsque M. Berthold déclara vouloir tuer M. Grabowski avec la chaussure d'Anna, et ait emporté l'arme chargée, malgré l'état d'énervement où elle se trouvait, au tribunal où elle était en situation de conflit avec le meurtrier de sa fille.

L'évaluation de ces divers éléments tendrait, compte tenu de la gravité du meurtre d'Anna, à la disculpation de l'accusée. Mais la cour, estimant que les circonstances atténuantes — et notamment le meurtre d'Anna par M. Grabowski et la part de responsabilité dans ce meurtre des personnes impliquées dans le traitement hormonal du meurtrier — ne justifient pas une absence de condamnation, décide de prononcer une peine modérée comprise entre cinq et quinze ans. La cour fixe la peine à six ans.

J'indique pour finir les raisons pour lesquelles la délivrance du mandat de dépôt requise par le ministère public a été rejetée.

L'accusée, comme l'indique le jugement, est, selon le § 212 du Code pénal, instamment soupçonnée d'homicide. Dans un tel cas, la détention préventive peut mais ne doit pas obligatoirement être ordonnée *. L'accusée était soupçonnée et accusée de meurtre et pouvait s'attendre à une condamnation à vie. Elle n'a pourtant pas profité des deux interruptions des exécutions du mandat de dépôt pour prendre la fuite et, après annulation du mandat de dépôt, s'est prêtée aux contraintes d'un procès long et éprouvant dans lequel, pratiquement jusqu'à la fin, l'objet des débats était une accusation de meurtre. A l'issue de ce jugement, elle n'a plus qu'une peine de deux ans et demi environ à purger, car selon toute vraisemblance, en vertu du § 57, alinéa 1 du Code pénal, et compte tenu de son casier judiciaire vierge, un tiers de la peine sera assorti du sursis et, sur les quatre années restant, un an et demi a été pratiquement accompli en détention préventive.

* La cour estime que, dans ce cas précis, en l'absence de risque de fuite, seule justification d'une détention, il n'y a pas lieu de l'ordonner.

## *ALLEMAGNE*

## *MARIANNE NE SERA PAS REJUGEE*

*Le procès de Marianne Bachmeier, surnommée la « mère justicière » et condamnée la semaine passée à six ans de prison pour avoir abattu l'assassin de sa fille en plein tribunal, ne sera pas révisé.*

*Une demande de la défense, dans ce sens, déposée le jour même du jugement, estimant que « le déroulement du procès et de l'instruction n'avait pas laissé attendre un tel verdict et ne le justifiait d'ailleurs pas » a été repoussée par le Parquet de Lübeck.*

*Marianne Bachmeier avait mortellement atteint de sept balles de pistolet Klaus Grabowski (trente-cinq ans), un détraqué sexuel qui comparaissait devant la cour de Lübeck après avoir étranglé la petite Anna, sept ans, le 5 mai 1981.*

(*France-Soir,* 9 mars 1983.)

**Achevé d'imprimer le 16 novembre 1984 par Hérissey, Évreux**
**Dépôt légal : novembre 1984**
**N° d'édition : 9900**
**N° d'impression : 35960**